講談社文庫

大剣豪

清水義範

講談社

目次

大剣豪

大剣豪

一

つむじ風が吹いていた。

東海道は小田原宿の外《はず》れ、やがて陽も落ちようという頃《ころ》で、行き交う人の数はあまり多くない。道を辿《たど》る旅人は、暗くなる前に宿場に着いてしまおうと、みなこころもち足早であった。

旅人が二人、足をはげましてだらだらの坂をのぼってくる。前を歩くほうは、道中笠《どうちゅうがさ》をかぶっているものの、着物の柄《がら》と体の小ささで女だとわかる。手甲《てっこう》をつけた白い手で杖をついていた。

もう一人は、振り分け荷物をかついで女のあとをよろめく足取りでやっと追うという様子。どこぞの大店《おおだな》の手代でもあろうかと見えた。

その二人がようやくゆるい坂をのぼりつめ、あと少しで宿に草鞋《わらじ》を脱ぐことができると表情をゆるめた時、街道脇の森の中から人相の悪い男たちがばらばらっととび出した。

尻《しり》っぱしょりした髭面《ひげづら》の男が四人、あっという間に旅人を囲んでしまう。

「やい。ここを通るにゃ、通行料を払ってもらうぜ」

頭《かしら》らしい男がそう恫喝して、誰から見たってまぎれもなく追剝《おいはぎ》だとわかる。旅の手代はその声だけで胆をつぶして腰を抜かしてしまう。

「おた、おた、お助け下さい」

女のほうが、怯《おび》えたまなざしながら顔をあげ、恐怖にかすれた声で言った。

「お金は払います。ですから、通して下さい」

しかし、笠の下の顔を男たちに見せたのが運のつきだった。頭は女の前へ進み、道中笠を手で引きあげ、女の顔を睨《ね》めまわすと、黄色い歯を見せてニタリと笑った。

「金はいただく。だがそれだけじゃすまねえな。もうひとついただきてえものがある」

そして女の手を力ずくでとると、藪の中へ引っぱっていこうとした。

「はなして下さい」

女の手から杖がはなれ、それはカタンと音をたてて地面にころがった。四人の男が下卑た笑いを顔に浮かべて歯をむき出している。

手代が、必死の思いで頭の腕にとりすがって言った。

「おやめ下さい。お嬢様に手出しをしてはなりません」

「引っこんでやがれ」

頭に腰を蹴られて、手代はあっけなくすっころがされた。

「助けて、伊助」

「お嬢様！」

悲鳴をあげる娘が男たちに藪の中へ引きずりこまれようとしたその時、ふいに黒い人影が駆け寄ってきて、追剝の一人の足を払ってその場に倒した。

「野郎！」

「何しやがる」

怒鳴りあげる男たちの輪の中に立っていたのは、着ているものは粗末だがちゃんと袴《はかま》もつけた、旅装束の侍だった。身の丈《たけ》六尺近くはあろうかという巨漢で、ほおには無精髭《ぶしょうひげ》がはえている。

「狼藉《ろうぜき》はやめることだ」

ズシリと響く重い声でそう言った。

「邪魔するんじゃねえ」

追剝の頭がドスをきかせた声でそう言い、娘の手をはなした。侍に倒された男もおきあがり、四人で一人を取り囲む。追剝たちは見るからに武士ではないが、それぞれ一本ずつ長脇《ど》差《す》を腰に差していた。その柄《つか》に手をかけて今にも抜こうという格好だ。

娘は、手代のところに駆け、そこで怯えた目で、男たちの対立を見た。

「とっとと失せたほうがいい。そうでないとお前たち、手か、足かを失うことになるぞ」

「ふざけやがって」

頭が脇差を抜いて体の前に構えた。残る三人もそれが合図であったかのようにギラリと光るやつを抜いた。

「やっちまえ」

その声が発せられた直後、侍が刀を抜くと驚くほどの勢いで前進し、わっ、と声があがったと思った時には、追剝の頭の右手首から先が、脇差を握ったまま地面にどたりと落ちた。

「野郎！」

右から刀が襲いかかったが、侍はわずかに腰を引いただけでそれをかわし、白刃を一閃《いっせん》させた。刀を持ったままの二の腕が宙を飛んだ。

「ぎゃっ」

息もつがずに侍は左へ走る。そっちにいたのが、ひえっ、と怪声を発して逃げまわり、街道脇であお向けにころんだ。

ころんだ男の顔の三寸先で、侍の刀がピタリと止まる。

「殺さないでおこうと思ったが、剣が勝手に動き始めてしまった」

そう言って、さっきまで背後にいた男のほうを見た。

「次の奴《やつ》は死ぬぞ」

睨まれた男が、脇差を捨てて、いきなり踵《きびす》を返すと走りだした。

手を切られた二人がよろよろとそのあとを追う。

侍は刀を鞘《さや》に納め、ころがっている男に言った。

「行け」

そいつは、土の上を尻でずさっていき、やっと立ちあがると仲間を追って走った。

あっという間の出来事であった。

「あ、ありがとうございました」

手代が侍に深々と頭を下げてそう言った。

「通りがかってあの様子を見れば、助けんわけにはいかんだろう」

何事もなかったかのように、低い声で侍は言った。

娘が侍のほうに歩を進め、相手の顔を見つめて言った。

「せめてお名前をおきかせ下さい」

侍は照れたような顔をして、無精髭を手でさすりながら答えた。

「瀬渡弁十郎《せわたりべんじゅうろう》という、天下の素浪人だ」

二

腕の立つ侍を集めているそうだ、という話が弁十郎の耳に入った。剣の使い手を六、七人集めて、どこぞの用心棒のようなことをする仕事らしい。それなりの礼金は出るということだろう。

そんなことでもするしかないか、と弁十郎は思案した。旅を続けようにも、路銀がつきかけていたのだ。

村外れの庄屋の家の裏にある納屋で、その人集めが行われているときき、弁十郎はそこへふらりとやって来た。砂ぼこりの立つ、風の強い日だった。

今にも崩れ落ちそうな、庇《ひさし》の傾いた納屋の前に進むと、中の様子が見えた。引き戸が開けられていたのだ。

納屋の中には広い土間があり、その奥のあがり框《かまち》のところに、五人の侍が腰かけていた。

その五人の中央にいる男は、髪を落とした坊主頭だった。なのに一応侍ではあるらしく、陣羽織のようなものを着ていた。

五人の顔ぶれを見て、弁十郎は、あまり金にはならんかもしれんな、と思った。全員がいかにも貧乏浪人といういでたちで、顔を見てもむさ苦しいのばかりだったのだ。

胸をそらし気味にして弁十郎は戸口の中へ入った。

いきなり、戸の陰に隠れていたもう一人の侍が、上段に構えた木刀を振りおろし、襲いかかってきた。腕に覚えありとおぼしき若武者の本気の打ちこみだった。

弁十郎は本能的に上体を引いて木刀をかわすと、次の瞬間には若侍の手首を摑んで押さえこみ、そのままねじって相手を土間に倒した。

「何のまねだ」

「お許し下され」

あわてた口調で、坊主頭が駆け寄ると深々と頭を下げた。

「まことに失礼をつかまつった。実は、仔細あって練達の士を求めており申す。ご無礼の段はお許し願いたい」

「ほう」

と言って弁十郎は若侍を自由にしてやった。

「ということは、拙者《せっしゃ》は合格ということかな」

「いやそれが、貴公では腕が立ちすぎてこの任には不似合いでござる。貴公ほどの技倆《ぎりょう》をお持ちの方にお願いできるような仕事ではござらんので」

「別に、仕事を選ぶ気はないが」

「いやいや、とても頼めるものではない。実は是非もない農民の頼みで一戦をいたすのだが、知行や恩賞にはまったく縁のない仕事でござってな。まずはめしが腹いっぱい食えるというだけのこと。それを貴公ほどの剣客にお願いすべくもござらん。ひらに、ご無礼をお許しの上、お引きとり願いたい」

坊主頭の武士の口ぶりはあくまで丁寧なものだった。

「この腕が、もったいないようなくず仕事だということか」

弁十郎は考えて、一文にもならんのではやる気も出んか、と思った。

「いかにも」

「じゃあ、別口を捜すしかないか」

そう言うと、瀬渡弁十郎は風の中を歩き去っていった。

その、四半刻《しはんとき》後のこと。

同じ納屋の前に、別の武士がやって来た。

人の好《よ》さそうな顔をした、中年の貧乏侍という風情《ふぜい》で、背丈は人並みだった。小さな荷を袈裟《けさ》掛《が》けに背に負い、すたすたと歩くその腰つきが軽い。

そして、表情がなんとも明るい。道に子供たちが群れていれば、満面の笑顔で立ちどまり、腰をかがめて子供の遊びに見入るといった飄逸《ひょういつ》さがあった。

その武士が、納屋の戸口に近づく。

戸の陰に、最前と同じように若武者が隠れて、木刀を上段に構えていた。入ってきた者に打ちかかろうと、息を潜めている。

若武者が、総大将格の坊主頭に、さっきと同じように打ちかかりますか、ときいたところ、坊主頭がこう言ったのだ。

「お前の勉強になるからやってみろ」

だから、今度こそは組み伏されまいと、気力を集中させていた。

中年の武士は軽い足取りで納屋の前まで来ると、開いている戸口の前でふと歩みを止めた。

そして、中にいる坊主頭の侍のほうを見ると、いきなり、ははは、と笑った。

「ご冗談を……」

坊主頭が、はじかれたように腰を浮かし、前へ出た。

「ご無礼、ご無礼……」

「どういう次第ですかな」

「貴公のような御仁を求めていたのでござる。ぜひ、お名前をうかがいたい」

「志道多右衛門《しじたえもん》と申しますが」

穏やかな声で侍は名をなのった。

三

七人の侍で一仕事をして、それがすんだので別れた。志道多右衛門はまた一人となって気の向くままの旅を続けた。

とにかく、表情がのびやかである。道中の景色を楽しみ、道づれになる者がいれば気楽に話しかける。相手が町人であっても分けへだてなく接し、子供には飴を買ってやる。

どこから見ても多右衛門は好人物であり、浪人となる前にさる藩で剣術の指南をしていたほどの使い手とは見えなかった。

多右衛門はとある城下に着いた。五万石の小藩ながら、城のある街はそのたたずまいも宿場街とはまるで別物で、きりりとひきしまった風情である。道を歩いていても、仕官を求めるのであろうか、武士の姿が多かった。

城を遠目に見物したあと、多右衛門は城下をぶらぶらと歩いた。好人物がただ物珍しさでうろつきまわっているように見える。

ところが、ある角を曲がったところで多右衛門は、眉《まゆ》をピクリと動かしたかと思うと、思わず立ち止まってしまった。

前方から、師弟らしき二人の侍がゆったりと歩いてきたのだ。師とおぼしきほうが五十年配で、一歩前を進む。弟子らしきほうはまだ三十になるまいという若さで、穏やかな声で何事か師と語らっている。

その二人の様子に、多右衛門は息をのんだ。ただ語らって歩いているだけでありながら、二人には一分のスキもなかったのである。それどころか、歩み寄ってくるに従って、何か大きな圧倒する気配が押し寄せてくるのだ。

多右衛門は道祖神にでもなったかのように立ちつくし、すぐその横を侍の師弟は通り過ぎ、角を曲がっていった。

そこで、多右衛門は我に返った。

気がついたら二人のあとを追いかけ、声をかけていた。

「卒爾《そつじ》ながら、お願いがござる。ご無礼は重々承知しておりますが、なにとぞ我が話をおき下され」

二人の侍は歩みを止め、振り返った。師のほうが言う。

「何でござろうかな」

「拙者《せっしゃ》、志道多右衛門と申す浪人者でござる。自分の口で言うのはみっともないこととわかってはおり申すが、多少、剣を使います」

「はい」

「その拙者が、お手前方お二人の歩く様を見て、震《ふる》え申した。あまりのスキのなさに、これぞ剣の達人にあらずや、と感じ入った次第でござる。なにとぞ、お名前をおきかせ下され」

師のほうが、品よく笑った。

「いや、なのる程のものではござらぬ」

「ならば、せめてお手合わせをお願いできませぬか。ぜひとも剣を交えたいのでござる」

と言ってから、多右衛門はあわてて手を顔の前でせわしなく振った。

「あ、いや、そういうことではござらん。いかんな。それではまるで辻斬りの口上ではないか」

頭をかきむしる。

「つまりその、木刀を使ってどこぞで試合をお願いしたいのでござる。拙者、ヤットウが大好きで、一手ご指南をいただきたい。お願い申す」

師のほうが、少しばかりあきれたような声を出した。

「珍しいお申し出だが、悪いお方《かた》ではないらしい」

「はあ。いたって善良でござる」

若い弟子のほうも笑った。

「そういうことならば、この近くに知りあいの道場がござる。そこでお手合わせいたしましょうか」

「ありがとうござる」

場所を移してとある剣術道場の中。師弟はその道場主と旧知の仲で、事情を話してそこを借りることができた。

「私がお相手いたしましょうか」

弟子のほうがそう言ったが、師は首を横に振った。

「いや。私がお相手しよう」

やがて、襷《たすき》がけの姿となった多右衛門と老剣士が、木刀を構えてむかいあい、試合が始まった。

多右衛門は正眼《せいがん》の構え。老剣士は下段に構えてピクリとも動かない。

やっ、と声をかけ、多右衛門が打ちこんだ。

老剣士はほんのわずか体を横にずらしただけで、その打ちこみをかわした。多右衛門の木刀と老剣士の体との間は一寸も離れてはいなかった。

多右衛門は体勢をたてなおし、次に鋭い突きを入れる。木刀が伸びきったところまで、老剣士はすいと下がった。

小手に打ちかかる。老剣士は狙《ねら》われたほうの手を木刀からはなした。

面に打ちかかると、老剣士はただ横を向いて木刀からのがれた。

なんということだ、と多右衛門は思った。太刀先を完全に見切られている。まだ、互いの木刀は一度も打ち合っていない。

その時、老剣士の木刀が初めて動いた。動いた、と思った次の瞬間には多右衛門の顎《あご》の下に木刀がピタリと静止していた。

多右衛門は身動きならず、立ったまま叫んだ。

「まいった」

老剣士は木刀を引いた。多右衛門はその場にすわりこんで床に両手をついた。

「おそれいり申した。拙者ごときが歯のたとうお方ではございません。さぞや、名だたる剣客でございましょう。ぜひとも、お名前をおきかせ下さい」

老剣士は穏やかに笑い、こう言った。

「貴公の人柄が剣に出ていて、まことに気持のいい勝負となり申した。なのるのもおこがましいが、戸田前夜斎《とだぜんやさい》と申す」

「そ、それはもしや、戸田流居合い術として名高きあの……」

「その、三代目でござる」

素直な多右衛門は、あっ、と驚愕《きょうがく》の声をもらした。

「知らぬこととは言え、ご無礼をいたしました。一流派をなすほどの剣術家とはここまでのものかと、勉強になりました」

老剣士は相好を崩した。

「いやいや、実にもって気持のいい御仁じゃ。そのお人柄こそ、何よりの達人ぶりと申すべきでござろう」

様子を見守る若い弟子も、師の言葉に大きくうなずいた。

四

その戸田前夜斎と弟子が、旅籠《はたご》の二階の一間でちびりちびり酒をくみ交していた。

弟子の名は宮本葉織《みやもとはおり》。

「どうやら国許には、江戸の騒ぎは伝わっておらぬようですね」

と、葉織は声を潜めて言った。

二人とも、剣は腰から抜き、座した場所の横においていた。

「そういうことであるらしい。つまり……」

「つまり……」

「あの策謀にかかわっているのは江戸家老だけかもしれぬということだ」

二人がこの城下へ来たのは、実は大目付柴田雅楽頭《しばたうたのかみ》の依頼を受けてのことであった。真後《まうしろ》藩の江戸屋敷に越前屋俵太《えちぜんやひょうた》なる御用商人が出入りし、御禁制の南蛮地雷を納入している形跡がある。ついては、その国許へ行き、参勤交代明けで国許にいる藩主の動向を探ってもらいたい、と。

「あの藩主は若すぎますからね」

前夜斎は名のある剣客として、前日、藩主占平《しめだいら》内匠頭《たくみのかみ》に居合いの型を披露《ひろう》していた。嬉《うれ》しそうにそれを見物した藩主内匠頭はまだ十九歳であった。

「そう。藩政の実権は家老たちが握っていると言ってよいだろう。そこに、おのずと独走も生まれる」

前夜斎がそう言った時、二人のいる部屋の障子戸がカラリと開いた。そこに立っていたのは、酌婦とおぼしきあでやかな女だった。

少し酔っているらしい。

「いけませんねえ、男二人でむっつりと陰気なお酒だなんて。はい、熱いのを持ってきましたよ」

女は銚子を下げていた。

「酒は頼んでいないのだが」

と葉織は言った。女が部屋を間違えていると思ったのだ。

「それに、酌の人も頼んでいない」

だが、女は構わず部屋に入ると障子を閉めた。

「ダメですよ。うちは賑《にぎ》やかに楽しく飲ませるのを売り物にしているんですから。こんな陰気臭い部屋があっちゃ困るんです」

すたすたと進み、前夜斎の前にすわった。

「はい。熱いのをおひとつどうぞ」

小股の切れあがったいい女だった。目尻に憂いがあって不思議になまめかしい。年の頃は二十三、四、というところだろうか。

「しかし、酌婦を頼んではおらんのだから」

葉織がそう言いかけるのを、前夜斎が制した。

「まあ、いいではないか」

杯をさし出し、女の酌を受ける。

「やはり大人はわかりが早うございます」

女は銚子の柄を傾けて酒を注ぐと、次に葉織のほうに膝先《ひざさき》を向けた。

「はい。お若いお方も」

葉織も酌を受けた。

前夜斎は杯を傾けて酒を飲み、その杯をおくとこう言った。

「この人は酌婦などではない」

女は、前夜斎の顔を見た。

「そして、女でもない」

言うが早いか、前夜斎の左手が横においてあった剣を摑みあげ、それと同時に右手がその刀を抜きはなっていた。刀は女の胴をなぎ払う勢いで襲いかかった。

戸田流居合い術のうち、座火車《すわりひぐるま》、であった。

しかし、宮本葉織がその刹那《せつな》に想像した光景はそこにはなかった。すなわち、女が斬り捨てられる血みどろの光景が。

女は刀で斬りつけられると同時に、すわった姿勢のままどうしてそれが可能なのか、跳びあがった。

そしてなんと、前夜斎のくり出した剣の峰《みね》にひょいと足をのせ、それから前夜斎の頭の上に二歩目を掛け、横に跳躍した。

道に面する障子戸に頭から突っこみ、それを大きく破ると瓦屋根の庇におり立ち、そのむこうへ落ちていく。その一連の動きが、羽根のように軽やかだった。

「先生！」

葉織がようやくのこと、自分の剣を手に取って立ちあがった。

「追っても無駄だ。つかまる相手ではない」

前夜斎は刀を鞘に戻した。

「あれは何者でしょう。先生の居合いをかわしました」

まだ信じられぬという口調で葉織は言った。

「それだけではない。わしの頭を踏みつけていきおった」

「信じられません。しかも、あれが女ではなく男だとは」

「忍《しのび》だろう」

「忍……」

前夜斎はやや疲れの色を見せ、うなるような声で言った。

「あんな、恐るべき奴もこの世にはおる」

名高い剣客にして、そんな驚きの言葉がもれたのだ。

五

男の姿に戻り、富山の薬売りの姿になったその忍、千年杉の羅刹《らせつ》は、名古屋をめざして旅の途中にあった。その格好になってしまえば、三十前後の商人にしか見えなかった。

羅刹は、歩きながら額に汗を噴き出させていた。薬の荷を背負い、その包みの結び目を首の下に両手で摑んだ姿勢で歩きながら、汗みずくになっているのだ。

熱いが故《ゆえ》の汗ではなく、それはぬるぬると冷たかった。

これはいったい何者なのか、という不審が彼に冷や汗を流させていた。

羅刹の二十間ばかり前を、一人の老人が歩いている。老人にしては軽い身のこなしで、すたすたと街道を辿っていく。

よく見れば、腰に短い刀をさしているとわかるのだが、それに気がつかなければ、炭焼きの爺いでもあろうかと見誤ってしまうような、なんでもない老人だった。

羅刹が、自分の前を行くその老人に気づいたのは四半刻ほど前のことだった。あれはどういう人間か、と思ったとたんに、全身に戦慄が走った。

老人を囲む空気の気配が違うのである。

そのあたりだけは、水晶を通して景色を見るかの如《ごと》く光がゆらめいており、神韻たる風情が漂う。

これは人か、と羅刹が思ったのは無理もなかった。剣の道を知らぬ者からは、何の面白みもないただの爺いにしか見えぬであろうが、それを極めた者にはおそろしいまでの気配が感じ取れてしまうのだ。ただ何事もなく歩いている老人の、二十間も後方で冷や汗が出てしまうほどの。

羅刹は老人に歩み寄ることも、追い抜くことも、また逆に離れることもできず、もう四半刻も等間隔を保って歩いていた。

千年杉の羅刹としたことがなんたるざまか、とは思う。しかし、喉《のど》がカラカラに渇くばかりだった。

老人が、ふいに街道から外れ、松林の中に歩みを進めた。振り返ることもなくそうしたのだが、羅刹はそこへ呼び寄せられているのだと感じた。

正体は不明である。しかし、忍の世界に名をはせる羅刹としては、これほどの気配をはなつ相手を無視して通りすぎることなど、できるはずもなかった。剣鬼は剣鬼を呼ぶのである。

林の中を、一定の間隔をとって二人は歩む。もう、街道の通行人には見えぬところまできた。

ふと、老人が歩きながら声を発した。

「面白い術を持っているものじゃ。枯葉の上を歩いて足音がせぬ」

羅刹は薬の荷をほどくと、松の根方に捨てた。

老人はまたつぶやく。

「それにしても、どういう修行をしたものやら。まるで栗のいがのようにとがっておって、手に持つこともむずかしいではないか。あまりにもたわめられている」

羅刹は走った。相手が誰であるのかはわからないが、ここまでの人間に出会ってしまえば戦うしかないのが兵法者なのだ。忍として、正体を悟られていることも捨てておけぬことだった。

走りながら羅刹は手裏剣を投げた。

老人は振り返り、腰にさした短い刀を抜いた。

その時羅刹は初めて老人の顔を見た。眉毛まで白くなった仙人のような老人である。七十歳は超えていようか。

老人は刀で、手裏剣をはね返した。それは、手裏剣の飛ぶところへ刀が来てはね返すと言うよりも、刀のあるところへなぜか手裏剣が行ってしまう、というように見えた。

二本、三本、四本目の手裏剣もことごとくはね返された。

羅刹は跳んだ。跳びの羅刹、として忍の間で知られる彼の、殺傷陣《さつしょうじん》、という術であった。跳んで、松の幹にはね返り、また別の木に跳ぶ。そのようにして、空中をはねまわるのだ。そして、相手の思いもかけぬところへ着地する。その時に勝負は決するのだ。

だが、老人は羅刹の跳躍を見ようともせず、真横にすたすたと歩いた。

なんたることだ、こやつは人の心を読むのか、と羅刹は思った。全身に鳥肌が立った。術には型があり、始めてしまえば中断することも、予定を変えることもできない。そのような動きの流れとして完成されているのだ。

羅刹は落葉の上に下り立った。そしていつもならばそこから、敵への必殺の一撃を加えるところだった。

しかし、そこに下り立ってみると、その目の前に老人がいた。まるでそこに来るということを読んでいたかのように。

地に足がつくのと、老人の刀が振り下ろされるのとが同時だった。

「ぐえ」

頭を割られて、羅刹は悲鳴をあげた。自分が殺されるということが信じられなかった。倒れ伏し、気力で顔だけをあげ、羅刹は最期《さいご》の声をふりしぼった。

「名を……、ききたい」

「きいても詮なかろうに。塚本露伴《つかもとろはん》という剣術使いさ」

羅刹はもう一言だけ言った。

「け……、剣聖……」

そしてガクリと崩れ落ち、絶命した。

六

塚本露伴が街道脇の倒木の上に腰をついて、にぎり飯を食べていた。その姿を見て、この品のいい老人が比類のないほどの剣豪だと、誰が想像するであろうか。

しかし、その老人こそ、生きて呼吸しているだけで剣の道の究極の域にあるという、神に近いとまで言える剣の使い手であった。

だから、のんびりとにぎり飯を食うように見えながら、露伴は背後から音もなく忍び寄る者がいることに気がついていた。見ずとも、忍び寄る者には気配があるのだ。その細《こま》かな動きまでもが、露伴には感じ取れていた。

殺気が、すっ、と動いた。

露伴は振り向きざま、手にしていた木の棒で迫る敵を打ち払った。

キーッ、と高い声がし、そこにいた茶色い塊が跳びのいて逃げた。

それは、にぎり飯につられて手をのばした一匹の猿であった。猿は露伴のふるった木の棒の先へ跳んで逃げ、同時に、持っていた木の枝で露伴の頭をポカリと打った。

そして、藪の中へ一目散に逃げていった。

露伴は自分の頭に手をやった。そこに一条の血が流れていた。

剣聖塚本露伴が、猿に一撃をくらったのだ。

手についた血を見て、やがて露伴は悟るところがあるかのように笑い、こう言った。

「上には上がある、ということか」

剣の道は奥深く、剣豪たちの技倆くらべにここが上限という果てはないのであった。

笠地蔵峠

一

笠地蔵峠《かさじぞうとうげ》は江戸を北に距《さ》る四十里、羽斑街道《はまだらかいどう》が丹前《たんぜん》の国東《ひがし》中里郡《なかざとごおり》介山村《かいざんむら》に入って、その最も高く最も険しきところ、上下八里にまたがる難所がそれです。

丹州街道へと続くこの峠が、笠地蔵峠と呼ばれるようになったのには古くからの言い伝えがあります。その昔、笠を作って売ることを商いとしていた一人の老爺《ろうや》が、ある雪の日に街へ笠を売りに行ったのだが、あいにくひとつも売れませんでした。

「笠やー、笠。笠やー、笠」

と売り歩くうち、雪の降り積もるこの峠へとやってまいりまして、ふと見るとそこには十体の地蔵が並んでいたのであります。

「こんな雪の中に立っていたのでは、お地蔵様も寒かろう」

と老爺は思ったのでありますが、この話は長くなるので省略をいたします。

そういう、笠地蔵峠に、険しい山道をやっとここまで登ってきたのでありましょう、やれやれと一息つく年寄《としよ》りと幼い女の子の姿がありました。

「お爺さん、お弁当を食べるための水を汲《く》んでくるわ」

面立ちも可愛《かわい》く、元気な声でした。

「おお、そうか。ではひとつ頼む」

女の子がせせらぎのほうへ姿を消したその時、一本の大木の陰から足音もなく一人の武士が現れます。黒の着流しで、定紋は三菱《みつびし》、帯は松下で、素新《そにい》の脇差。深い編笠をかぶったまま冷たい声で、

「老爺《おやじ》」

「あ、これはお侍さま」

「あっちを向け」

どういうことであろうかといぶかりながらも、侍に逆らうのも面倒と、年寄りは言われるままかぶりを振ります。

その瞬間、パッと血煙が立ったと思うと、何という無残なことでしょう、あっという間もなく、年寄りの首は胴から離れて草の上に落ちたのであります。

二

「お頼み申します」

笠地蔵峠を西へ下りて五里、此又《これまた》という村に月形道場という、剣術の道場があります。その道場の玄関に立って案内を乞う声をかけているのは、武張ったところに似合わぬ、妙齢の美しい女でありました。

やがて奥から、小者《こもの》が出て応対する。

「何用でございましょう」

「手前は市川の宇壺葛之丞《うつぼかずらのじょう》が妹でございます。こちらの、抽出梁之助《ひきだしりょうのすけ》様にお目通りを願いとう存じまして」

「さようでござるか。しかし若先生はただいま御不在でな」

ところが、そこでふと小者は女の背後に人影を見て、

「あ、若先生のお帰り」

見れば門をサッサッと歩み入る人は、昨日笠地蔵峠で老爺を斬った武士——しかも、なりもふりもその時のままで。

小部屋にて対面した女に、梁之助は凍るような視線を投げ、冷たく声をかけます。

「お手茂《ても》どのとやら、御用の筋は」

「実は、宇壺葛之丞の妹とは偽りでございまして、本当は宇壺の内縁の妻でございます。それで今日折入ってお願いに上りましたには、外でもござりませぬ、五日の日の天道山の大試合のことにつきまして……」

梁之助も、つい先頃、その試合での組み相手が宇壺葛之丞と知ったばかりのところでした。

「それにつきまして、宇壺は大いに心を痛め、食も喉《のど》へ通らず、夜も眠られぬ有様でございます。とても見るに忍びませぬ」

「大事の試合なれば、それもごもっとも。試合にのぞんでは、互いに油断なく力をつくすばかり」

すげない言葉に女はあわてて言い添えます。

「いえ、私がこうしてお願いにまいりましたのは、試合でなにとぞ勝ちをお譲りいただきたいからでございます」

「それはできませぬ。試合においては、相手を殺すと念じて本気でかかるのが私の信条」

「そこを、どうかお願いでございます。実は宇壺は先頃、大手有力藩の丸紅藩に仕官がかなうと、内定をいただいたところなのでございます。されど、剣の技倆《ぎりょう》において到底あなた様にかなうはずもなく、負ければ内定取り消しと、悩み抜いているのでございます。どうかお願いいたします。宇壺を勝たして下さいませ」

梁之助は顔の筋ひとつ動かさず、蒼白な色を浮かべたまま女を一瞥《いちべつ》し、

「勝負は時の運です。どちらが勝つか、やってみるまではわからぬ」

冷たい返事です。

「そこをどうか、武士の情をおかけ下さいませ。もし人の情があるのならば……」

「剣の道に人の情はない。それともお手茂どの、女の操をさし出すことができるか」

氷のように冷やかな声でありました。

三

天道山での奉納試合をなすべき日がやってきました。三十余組の勝負がとどこおりなく進み、日のようやく傾く頃、審判が本日最後の試合にいどむ二人の名を呼びあげます。

「甲顔《こうがん》一刀流の師範、宇壺葛之丞藤原酒次《ふじわらさけつぐ》」

葛之丞は生年二十七、逆さ藤の定紋ついた小袖に、襷《たすき》を綾《あや》どり茶宇《ちやう》の袴《はかま》、三尺一寸の赤樫《あかがし》の木刀を携えて試合場に進み出る。

「元甲顔一刀流、抽出梁之助相馬《そうま》盆歌《ぼんうた》」

この勝負は集まった観衆の大いに注目するところでありました。それというのも、梁之助

の得意とする秘太刀、「なけなしの構え」のおそろしさが藩内に広く知られていたのです。

やがて、気合いが合って二人が対峙《たいじ》し、同時に立ちあがる。

梁之助は例の「なけなしの構え」です。正眼に構えて、ただし木刀のきっ先を相手からちょっと外している。その破調に隙ありと見て打ちかかれば、目にもとまらぬ素速さで木刀が弧を描いて相手の脳天に襲いかかるのです。

宇壺葛之丞とて並の使い手ではない、そのことはよく承知しているから相正眼に構えたまま容易には打ちこまない。梁之助は眠るかのように眼を細め、顔に血の気も見せずただじりじりと間合いをつめ、時には静かに引きます。両者の間には常に同じ距離があり、すぐにも雌雄の決しそうなものですが、ただじりじりと動くばかりで双方共に打ちこめないのです。

「なけなしの構え」のおそろしさであります。

打ちこめば、それが自分の負ける時だとわかっているから打ちこめない。それなのに、ほんの少し破調のその構えは、かかってまいれと、堪えがたいまでの誘いを発しているのです。抗することが苦痛なまでの。

四半時ばかりの時が流れ、ついに葛之丞の気力もつきはて、必殺の一撃との勢いをもって梁之助の喉元に突きかかっていきました。

その時、梁之助が引いたる右足の白足袋《しろたび》が、そこに落ちていた夏みかんの皮を踏んだのはいかなる天の戯れでありましょう。

すってん、と仰向けにひっくり返る梁之助の顔の上を、突きかかった葛之丞の木刀が流れ去り、あわてて地に右手をつく梁之助、その右手に握られていた木刀の先が葛之丞の腹に突き刺さりました。

「それまで。この試合、無勝負」

審判は鋭くそう宣告しました。

抽出梁之助の白く光る眼は屹《きっ》と審判にそそがれ、

「御審判。この勝負はなしと申さるるか」

「いかにも。そこもとが誤ってころんだところで、勝負は中断とされるべき故《ゆえ》にな」

「しからば再勝負を所望する」

「それは、かなうまい」

審判はそう言って、腹をかかえてうずくまる葛之丞のほうを指さしました。苦痛の表情を浮かべる葛之丞の口から、まさにその時、ゴボ、と大量の血が吐き出されます。そして、ガックリと倒れ伏した時にはモウ息が絶えていました。

梁之助はくるりと踵《きびす》を返すと、あとのことには頓着なく、スタスタと歩み去っていきました。

四

梁之助の父頑正《がんじよう》の枕元に、まだ十四歳という若さの、宇壺桂馬《けいま》がすわっております。

「桂馬どの、剣を学ぶならば、正義の剣を学ばれよ。いかに強くても、妖剣、邪剣であっては人の世に禍《わざわ》いをもたらすのみ。剣術とはそのようなものではない」

桂馬は葛之丞の弟でありました。兄の敵《かたき》と思い決めし梁之助の、その父から訓話をきこうとは思いもしなかったのですが、いろいろの成りゆきからこの次第になったのです。

「あの梁之助がよい見せしめ。あれも初めは見込みある剣の使い手であったが、わしが病気になって以来、どこをどう踏み違えたのか、すっかり悪業の剣になってしまった。あれはもうわしの子とも思っておらぬ」

「しかし、当代随一の使い手であるという噂《うわさ》ですが」

「いやいや、あれのは邪剣にすぎぬ。正義の剣のほうが本当はツオイ」

はっ、と平伏してしまう桂馬でありました。

「よいか、桂馬どの。其許《そこもと》にとって梁之助は兄の敵じゃ。今はまだ、弱年故に梁之助に敵することはかなわぬが、修行を積まれるのじゃ。そしていつの日にか、わしに代って梁之助を討ってもらいたい」

「修行をいたします。必ずや」

「それがよろしい。そのために、わしが其許に正しい剣の師匠を紹介しよう。その師のもとで懸命に修行すれば、きっと梁之助を討つことができるじゃろう。邪剣は、正しい剣の前には敵ではないからの」

「そのお師匠様とは、どこのどなたでありましょう」

頑正が推薦する正しき剣術の師とは何者か。

「江戸城下、神田お玉が池に道場を開く、北辰《ほくしん》一刀流の千葉周作がその師じゃ。この人はまさに正しき剣の達人でな」

「わかりました。その先生について修行をいたします。そして、いつの日にか……」

さりながら、その人物の実の父親にこのように言わねばならぬ成りゆきは何としたことでありましょう。

「兄の敵、抽出梁之助を討ちとってみせる所存でございます」

五

「おじちゃん。ゆうべはどこへ行っていたの」

あどけない少女が、黒い大きな目を光らせて町人のなりの中年男に尋ねます。問われた九

平衛は、はっと表情を堅くして、

「どこへも行きやしないよ。宿に寝てたんじゃないか」

「でも、夜中に私が目をさました時、おじちゃんは蒲団の中にいなかったよ」

「あれは、ちょっと小用を足しに行っていただけだ。遠くへなんぞ行っちゃいない」

まだ納得のいきかねる顔で、でも、それ以上は問いつめず女の子はうなずきます。この女の子は、笠地蔵峠で祖父を抽出梁之助に辻斬りにされたあの、お亀でありました。

「この頃、このあたりの村には大泥棒が出るというから、私、一人にされたらこわいの。どこへも行かないでね、おじちゃん」

「行くもんか。お亀のことはこのおじちゃんが守ってやるからよ」

祖父を殺され、死体にとりすがってお亀が泣いている、そこに通りかかったのが薬の商人だというこの九平衛でありました。それ以来、いっしょに旅をして面倒を見てやっているのです。

「それよりも、お亀。お前のじいちゃんを殺した下手人だが、おれが調べたところでは、どうやら抽出梁之助という侍がそれらしい」

「どうしてそんなことがわかったの」

「おじちゃんは、その辺を調べることにかけちゃ天下一品なんだよ」

それもそのはずでした。実はこの薬屋の九平衛、旅の町人としか見えぬその正体は、つい先刻お亀の口から出たばかりの、大泥棒だったのです。だが、それはお亀の知らぬこと。

「そんな悪いお侍がいるのね」

「ああ、そうだ。いいか、名前をよく覚えておくんだぜ、抽出梁之助だよ。女の身で、仇討《あだう》ちはとてもものことむずかしいかもしれねえが、この先の人生で、どこでどうそいつとめぐり会うかもしれねえ。その時のためにしっかり覚えておくんだ」

「うん。忘れないわ」

「それから、こいつも言っとこう。その抽出梁之助という男は、神前試合で対戦相手を叩き殺したそのあと、親に勘当されてそのまま姿を消したそうだ。人を殺すことを楽しみのように考えて、眉ひとつ動かさねえという大悪党らしいぜ」

お亀は一言もききもらすまいと思いつめた顔。

「それにどうやら、逐電《ちくでん》するについちゃあ、自分が殺した武士の女房をつれて出たらしいという噂だ。とんでもねえ人間だぜ」

「おじちゃん、私、その辺のことよくわかんない」

「そうだそうだ、子供にわかる話じゃなかったな。とにかく抽出梁之助だ。おれの調べたところでは、最近できた新選組とかいう殺し屋集団に混じって、京へのぼったという噂もある。何をしでかすかわからぬ奴」

「おじちゃん、こわい」

「なあに、お亀にはおじちゃんがついてるってことよ。いつの日にか、必ずその侍に仇討ちする日も来るだろう」

九平衛はそう言って、ニヤリと笑みを浮かべました。

六

「あれからもう四年か」

そう言ったのは、今ではすっかり浪人の姿に身をやつし、京を去る五里ばかりの寒村の農家の離れに逼塞《ひっそく》する抽出梁之助であります。

「ほんとうに。この子ももう三つですわ」

幼児を寝かせて、力なくそう答えたのは手茂です。手茂はふっとため息をつくと、乱れた髪を手ですきあげながら、

「今ではすっかり日陰者に落ちぶれてしまいましたこと」

「不服か」

梁之助の声に微かな苛立《いらだ》ちがこめられましたが、女はそれに気づいたものかどうか。

「不服というのではございませんわ。覚悟の上の心中立てではありませんか。しかし、こうして京の近くに埋もれているのもおかしなことと思うだけ」

「江戸が恋しいか」

「江戸が恋しいと言うよりも、あなた様がどういうおつもりなのかわからぬ、そのことが心細いのです。新選組などとよしみを通じ、勤王の志士をお斬りになったり。それはいったい何あってのお考えなのか」

「考えなどない。ただ、斬ってほしいと乞われるままに斬るだけのことだ」

「新選組に味方するのに、わけはないとおっしゃるのですか。江戸の公方様《くぼう》をお守りするお心あってのことではないと」

下らぬ、とばかり粲之助は庭の闇のほうへ眼をやり、冷えかけた酒を干す。

「わしが新選組に手を貸すは、成りゆきというものにすぎぬ。勤王も佐幕も知ったことではないのだ。ただそこに斬るべき人間がいれば、腰の大吟醸鳩宗《だいぎんじょうはとむね》に血を吸わせるまでのこと」

「あなたというお方は、心の底から冷たいお方。たとえこの筆之助が死んでも涙ひとつおこぼしにはならないのでしょうね」

「死ぬる運命ならば、それもやむを得まい」

「それではまるで、鬼ではありませぬか」

「今更わかったか」

「親心というものをお持ちではないと」

「くどい」

梁之助は眼光を刺すように鋭いものにして手茂のほうを見ました。

「もう私にも飽きたのですね。いっそ殺してしまったほうがすっきりすると」

ふと、梁之助は考えこみ、しばらくして立ちあがるとスタスタと床の間の剣を取りに行きます。

「その手があったか」

「何をなさるおつもりですの」

「お前の言葉で自分の心の内に気がついた。確かに、殺してしまえばすっきりする」

「えっ。私を殺すとおっしゃるのか」

「お前が口にしたことだ」

「違います。待って。そんなつもりではなかったのです。本気にするなんてことが。ま、ま、ま、待って下さい。冗談なの。よして。やめて」

手茂のとりすがるのを振り払い、梁之助は幽鬼の如き蒼白い顔でいきなり刀を抜き、たれ下がる簾《すだれ》ごとかりそめの妻を一刀両断に斬り殺してしまいました。

遠くから寺の鐘の音が、無常を伝えるかのように響いてきます。

七

京の壬生《みぶ》にある新選組の屯所《とんしょ》。

「近藤さん」

「なんだ歳《とし》」

「歳はないでしょう。確かに国許ではそう呼びあった仲だが、おれたちも今では新選組隊長と副隊長です。土方《ひじかた》と呼んでもらいたい」

「わかった。なんだ土方」

二人は、近藤勇と土方歳三でありました。二人の横にすわってニコニコ笑っている若者が、沖田総司です。

「情報が入りました。近くこの京に、丹前の国より若い勤王の志士が潜入するらしいです」

「殺そう」

「そうなんだけど、もう少し説明させてもらいたい。その若者の名もきかんのですか」

「その若者の名は?」

「宇壺桂馬という、千葉周作門下の使い手らしいです」

「殺そう」

「まだ言うことがあるの。その宇壺なる若造、長州の桂小五郎を訪ねる予定らしい」

「うぬ、桂か。こっこっこっこ」

「殺すけど、桂は手強いですぞ。ひ弱な色男に見えて、彼奴《きやつ》は斎藤弥九郎門下で一、二を争う剣の達人」

「しかし、殺すしかない」

「そうだが、ここはひとつ、抽出粱之助にまかせませんか。あ奴の剣には正統の剣術を裏から切り裂くような味があり、面白いと思うんですが」

「抽出か。何を考えているかわからん男」

「しかし、強い」

「うん。どうだ総司。お前ならあの抽出粱之助に勝てるか」

「やってみないことにはわかりません。ニコニコ」

泣く子も黙ると人々におそれられた新選組の三人が、一目《いちもく》を置くのが抽出粱之助でありました。

「あの男、いつ敵にまわるかもしれんところがあるんだが」

「とりあえず今はこっちについてます。宇壺桂馬と、桂小五郎を斬らせましょう」

八

「あぶないところを助けていただき、本当にありがとうございました」

東海道は掛川の宿。三日月屋というあいまい宿で、畳に両手をついて礼を言ったのが、年頃の娘に成長したお亀でありました。

「礼を言われるようなことはしていません。それよりも、もう一人の娘を助けることができなかったのが無念」

答えるは、京へ上る途中でこのいきさつに遭遇した宇壺桂馬です。

「お鶴ちゃんは、ああなる前に死ぬ覚悟だったんです」

読者もそれはよく承知のことでありましょう。悲しい民謡が人の世の無常を説き、きく者をして死の思いに至らせるのはよくあることです。

「そもそも、どうしてあんなことに」

「お話し致します。私は信州靴欠《くつかけ》村の生まれで亀と申しますが、幼くして旅に出て祖父を殺され、九平衛というおじさんに助けられたのですが二年前に行儀見習いで河西屋へ奉公に出され、ところがそこの主人にいやらしく言い寄られたのでぴしゃりとはねつけましたところ女郎屋へ売られ、危うく身をひさぎそうになったところで、同じような境遇のお鶴ちゃんと二人で逃げだしたのですが、ゆうべのようなことになってしまったのです」

「そうでしたか。つらい身の上ですね」

「生きていくのは苦しいことばかりですが、おじいちゃんの敵を討つまではと、ようやく生きながらえています」

「うん。実は私も兄の敵を持つ身なので、その気持はよくわかります」

「お侍さんも敵を」

「はい。憎き敵があります」

と、ここまで打ちあけあって、互いがその敵の名を持ち出さなかったのは何としたことでありましょう。名を出せばその敵の名が、共に抽出梁之助と知って大いに奇遇を喜びあったでしょうに。

「それにしても、あなた様は私の命の恩人」

そう言って、憂いを含んだ深く澄む眼を若侍に向けたお亀、そこにはほのかに恋に身を焼く乙女の恥らいがありました。

「あなたに会えて、よかった……」

見つめあう眼と眼。激しく燃えあがる情念が、月を雲間に隠します。

九

山深き、羊腸の小径。昼なお暗き深山を、南北に細く貫く十津川街道に、只ならぬ異変の気配がありました。

ほとんど人気《ひとけ》のなき山道ゆえに、そこに猿や狸が出て遊ぶ、まことにのどかなる風情でしたが、突如、いかなる気配を感じ取ったか、キキッと叫んで猿は樹上へ、狸は森の中へと逃げます。

なまあたたかい風がゴウと吹き抜けて。

ザッ、ザッ、ザッ、ザッ……と遠くより次第に大きくきこえてくる地鳴りの音。あたかも徒歩《かち》の兵団が行進するかのようなその音が、次第に山道に大きくなってきたかと思うと。

やがて姿を現したのは、山中にも市中にも、どこにも似つかわしくない異様な一団でした。

人の行列では、あります。

だが、尋常の人ではない。

二列になってずらり連なる者共が、一人として例外なき同じ姿でした。すなわち、手甲《てっこう》、脚絆《きゃはん》に足袋《たび》、草鞋《わらじ》、とだけ言えば並の旅人と同じですが、黒衣の肩に絡子《らくす》という布をかけ、首から偈箱《げばこ》という箱を下げて手に尺八を持ち、頭には天蓋《てんがい》という深編笠をかぶっております。

言うまでもなく、虚無僧《こむそう》。

その虚無僧が、どうしたことかざっと二百名ばかり、互いに話も交わさずただ黙々と十津川街道を上っていくのです。

ザッ、ザッ、ザッ……。

謎の虚無僧集団であります。

はたしてこの者たちの正体は何か。何のために、どこへ行こうとしているのか。

深い山あいの道を、ひたすらに獣たちをおびえさせて謎の一団は進んでいきます。

十

「くせ者！」

言うと同時に土方歳三の剣が天井を深々と突き破りました。

不覚、と念ずると共に、悲鳴もあげず泥棒の九兵衛は、手ぬぐいで左腕の傷をしばって退散します。

「確かに手応えがあったのに、逃げたとはおそろしい奴」

「どうしたんですか、土方さん」

声をかけたのは沖田総司です。

「新選組の屯所の天井裏に忍びこむ大胆な奴がいたのだ」

「すごいなあ」

「おそろしい奴ではある。かなりの傷を負ったはずなのに、足音を消して逃げた」

「では、追っても無駄ですね。ニコニコ」

「おそらくな」

「ところで土方さん。ちょっと不都合なことになりましたよ」

「どうしたのだ」

「桂たちを斬らせる予定の抽出梁之助なんですが」

「あ奴がどうした」

「毒にあたって、一時的に視力を失ったらしいんです」

「なに!」

まさしくその通りでした。同じ時刻、山寺の一室で抽出梁之助は、抜き身の刀を振りまわして悩乱していたのです。

「み、未練な女め。お手茂、迷わず成仏せい」

闇雲に刀を振りまわすので、止めに入ることもできません。

「幽霊——。くそっ、幽霊とは片腹いたいわ。おとなしく死んでおれ」

髪はザンバラに乱れ、蒼い顔は常に増して冷たくさえわたり、まるで幽鬼のようです。

視力を失っているのを、構わず刀を振りまわすので、簾は裂け、蠟燭《ろうそく》は折れ、経文も引きちぎられる乱れぶり。

「何度なりと斬り殺してくれる」

そう叫ぶと、梁之助はもったいなくも本尊の十一面観音像に切りかかったのですが……。

ガン、と仏の像は邪剣をはね返して傷ひとつつかぬ。

そこへ、世界の光景から色を失わせる稲妻が走り抜け……。

狂おしきばかりの雷鳴。

十一

「宇壺くん。それではこの密書を土佐の坂本氏によろしく頼む」

「わかりました。桂先生」

京は五条大橋の下で、桂小五郎から宇壺桂馬の手に密書が渡った、その時でありました。

「二人とも、ここで死んでいただくことになる」

草原《くさはら》から黒い男の姿が出現すると、冷たく言いはなちました。

「きみは……」

「名などどうでもよかろう。お主たちを斬るために来た」

そう言う男はまぎれもなく抽出梁之助でありました。奇跡の如くに、その両眼は見開かれております。

「お主たちも運が悪い。きのうまでは拙者も目が開かなんだのに、ふと知りあった親切な娘が、薬屋のおじにもらったという水薬をくれ、それによって七分通り目は回復した。運命と思って死んでいただく」

「桂先生！」

「宇壺くん。きみはここを逃げなさい。まだ未来ある身だ」

「しかし、先生」

「行くのだ。きみは兄の敵を討たねばならぬ人間ではないか」

その兄の敵が、ここに出現した男だと気がつかぬ運命のいたずら。はたまた、知らぬこととは言いながら、梁之助に目の薬をくれたのがお亀であることの皮肉。

これこそ、人間界の諸相を、大乗遊戯《だいじょうゆうげ》の境に写して筆につくさんとする、この物語の狙いなのであります。

「先生！」

「行け」

かくして桂馬は敵と知らずに梁之助の許から去り、残るは桂と抽出の二人。

そこへ、

「その勝負、私が引きうけよう」

太い橋桁の陰から、黒の着流しのすらりとした侍が姿を現して言ったのです。

十二

「何奴」

「名のるいわれはないが、起抜狂死郎《おきぬけきょうしろう》、とでも覚えておいていただこうか」

言っておいて、すらりと、刀を抜きはなったことであった。

「面白いことになってまいった。わしにとっては相手が誰であろうが構わぬこと。お主から先に斬るか」

「まず、名をなのるのが筋であろう」

顔に孤独の翳《かげ》を宿した狂死郎の、それが皮肉の一声であった。

「ならば。拙者は抽出梁之助」

「桂さん。あなたは逃げられよ」

「起抜どの」

「狂刃には狂刃で向かうが似合いというものであろう」

やがて、対峙する二人の侍の影が、加茂川の水に逆さに写る次第となりました。

梁之助とても、この相手が並の使い手でないことは見抜いています。油断なく身構え、いつしかあの「なけなしの構え」をとって微動だにいたしません。

これに対して起抜狂死郎は――。

正眼に構えた剣の先が、やがてゆっくりと、∞の形に回りはじめた。

起抜狂死郎の「無限殺法」――。

まだ、狂死郎が無限印を描き終わるまで踏みこたえた者は、なかった。

二人は、音もなくそこに立って相手の出方をうかがう。京の川原に、血なまぐさい風が吹き渡ります。

人間界の曼陀羅《まんだら》を描かんとする小説なればこそ、梁之助と桂馬がそう簡単には戦わぬのでありります。

二人の剣鬼の、顔から血の気が失せていき、夢の中のような静けさがあたりを包んでいく。

と、そこへ……。

ザッ、ザッ、ザッ、ザッ……。

津波のように押し寄せたのは、二百名ばかりの謎の虚無僧集団でありました。

加茂の川原に虚無僧が群なして行き過ぎていく。その目的は何か。人ごみの中で、梁之助と狂死郎は、ただ静かに対峙して相手の隙をうかがっております。

(当然の如く、未完)

大江戸花見侍

一

荒波打ち寄せる海岸にゴツゴツした岩が二、三個あって、そこに波が当たっては砕け、白いしぶきとなって散る。悠久《ゆうきゅう》の昔から繰り返されてきた自然の営みであった。

その雄々しい景観を遥かに眺《なが》められる寂しい松林の中に、人目を避けるように二人の男の姿があった。一人は宗十郎頭巾《ずきん》で顔を隠した武士であり、もう一人は顎《あご》の張ったいかにも強欲そうな顔をした商人であった。

「それでは、誓紙のほうの手はずはすべてぬかりなく進んでおるのだな」

武士のほうが、押し殺した声でそう言った。

「それはもう、万事この近江屋《おうみや》におまかせ下さいませ。何もかも、優曇華《うどんげ》様のお指図の通りに運んでおります」

「うむ。残雪《ざんせつ》か」

着ているもので身分賤《いや》しからざる壮年の、と推察できる武士は、頭巾から現れている眼に鋭い光を宿して言った。

「あ奴の言う通りにしておれば、まず間違いあるまい」

商人はもみ手をしながら顔に卑《いや》しい笑みを浮かべた。

「本当にもう、あの優曇華残雪様の悪知恵には舌を巻くばかりでございます。あのような方をこそ、希代《きたい》の悪党と申すのでございましょうか」

「悪党なのはそちも同じ穴の狢《むじな》と言うべきであろう。事もあろうに御公儀を相手に、謀略の資金を出すから、大罪たるべき抜け荷のことを見逃せとは、恐れいったる大悪党の仕業《しわざ》であろう」

「うへい」

近江屋重右衛門は大袈裟《おおげさ》に身をすくめた。

「これは思いもかけぬお言葉でございます。そのように申されるのであれば、御公儀要職の地位にありながら、公方《くぼう》様の……」

「しっ。声が高い」

「はっ」

商人はニヤリと笑って声を小さくした。

「その御落胤《ごらくいん》の偽者をこしらえ、天下を相手にとてつもない大芝居をうたれようとする伊勢守様こそ……」

「悪党と申すか。町人の分際でようそこまで言いきるものよ。場合によってはその言葉だけで首が胴から離れようものを」

「へっへっへ。そこはそれ、同じ穴の狢《むじな》ということでございますよ。首を斬るよりは道具としてお使いになるほうが、この近江屋、お役に立ちましょう」

しれっ、とした顔で近江屋はそう言いきった。頭巾の武士はやむなく苦笑しているらしい。

「まあよい。とにかく、将軍家用特製の熊野誓紙、その職人の手より入手したことに間違いはないのだな」

「左様でございます」

武士はふと眉間《みけん》に皺《しわ》を寄せた。

「その男から秘密が洩《も》れることはないのであろうな」

近江屋はドスのきいたふてぶてしい目つきをして静かに答えた。

「その御心配はいりません。優曇華様の刀にかかり、その職人は今頃、そう、三途《さんず》の川を渡っているところでございましょう」

そう言って、三白眼をギラリと光らせてすごみのある笑いを作った。

「よかろう。むふふふ。天下を相手に大きな絵が描けそうな話になってきたわ」

頭巾の武士はそう言うと、海を見つめて目を細めた。

二

上野寛永寺から山の下の見せ物小屋や茶店の並ぶ一帯にかけて、雲ひとつない青空の下、浮かれ気分の人の波にびっしりと埋めつくされていた。

もともと江戸の町で浅草と並ぶ盛り場として栄えたところである。その上この日は、ぽかぽかと春めいてきた陽気に誘われて、ようやく桜がほころんで二分咲きという具合であった。気の短い江戸っ子はそれだけでもう咲き揃《そろ》うのを待ちきれず、どっと花見に繰り出したというわけであった。

「えい、どいたどいたあ」

と大声を張りあげて人ごみをかき分けて進むのは、これぞ江戸の男伊達《だて》、町奴《まちやっこ》の姿であった。鎌髭《かまひげ》という大きく太い髭をたくわえ、目の縁には隈取《くまど》りが入っている。長槍を持って振りまわしながら、裾《すそ》に綿の入った短い着物の袖を左右にピンと広げて、男振りを見せびらかすように歩いていくのであった。

「いい男振りだねえ」

と、女どもも目を細めている。

反対に、男たちが目を細めて喜んだのは、その次にやってきた花魁《おいらん》道中を見た時であった。見事に結いあげた髷《まげ》に何十本もの簪《かんざし》をさし、白塗りの顔におちょぼ口の紅をさし、惚《ほ》れ惚れするようないい女が羽二重問屋の火事場泥棒かと思うほど見事に着飾って、しゃなりしゃなり、じれったくなるような速度で行列を進めていくのである。履《は》いているのは下駄とかぽっくりというよりも、風呂場の腰掛けを漆塗《うるしぬ》りにしたようなもので、その高さは三十センチもあった。

そういう行列が、じゃらりんじゃらりんと咲き始めた桜の下を通り過ぎていく光景は、まさに天下泰平、江戸の春といったところであった。

どこからともなく聞こえてくる三味線、太鼓の音が、いやが上にも人々の心を浮き立たせる。町人、武士の区別もなく、どの顔もこの麗《うら》らかな春の日を楽しんで笑いを含んでいた。

そんな群衆の中に、目もと涼しいまだ頬に赤みの残る上品な顔立ちの若い武士の姿があった。歳《とし》の頃は十九か二十歳《はたち》。月代《さかやき》の剃《そ》りあとも青々とした見る目に快い若武者である。

若い武士は人ごみをなす老若男女に優しい目を向け、時折桜の花を見上げては満足そうに微笑し、散策を楽しむようにぶらぶらと歩いていた。

その若者の名は桜木咲之進《さくらぎさきのしん》。父の桜木剣之助は俗に旗本八万騎と称せられた将軍家直参の旗本の一人であった。咲之進はこの日神田お玉が池にある道場でヤットウの稽古をしてその帰り道、風に誘われるままにふらりとこの上野へ足を運んだのであった。

行き交う年頃の娘が思わず振り返るようないい男である。目に知性の輝きがあって、しかも心が伸びやかな証拠に表情のどこにも翳《かげ》りというものがない。それでいて剣の腕は立ち、通う道場では師匠の袴田三刀斎《はかまださんとうさい》から、お前に教えることはもう何もない、と言われていた。

咲之進が茶店に入って餅でも食べようか、と思ったその時であった。突然群衆の中にわっとどよめきがおき、誰かが人をかき分け走り抜ける気配。

「痛え。何をしやがる」

「きゃっ」

そんな声のするほうに目を向ければ、頭のはちのやけに大きな町人が血相変えてこちらに走りこんでくる。そしてその逃げる男の顔に咲之進は見覚えがあった。

「捕まえて。掏摸《すり》です」

その声を発したのは、男を追って健気《けなげ》に走る娘であった。歳の頃は十六、七か、江戸の娘とも思えぬ田舎《いなか》びた着物を着て、手甲《てっこう》、脚絆に草鞋《わらじ》ばきという旅の装束である。掏摸に懐中のものを盗《と》られたのに気がつき、必死でそれを追いかけようという様子に見えた。

逃げる男が咲之進の眼前に現れた。瞬時、見合わす目と目。次の瞬間、町人はどんと咲之進の胸にぶつかり、その勢いのままくるりと体を一回転させた。

「ごめんよ」

その言葉を残し、尚《なお》も逃げていく男を、なぜかその気になれば容易に捕り押さえられるはずの咲之進は無為に見送った。そして、次に、男を追って駆けてきた旅の娘とも不器用にぶつかった。

「あ。これは失礼」

娘は自分の懐中物を掏《す》った男を追いかけるのに夢中で、咲之進の詫《わ》びに答える余裕を失っていた。咲之進の横をすり抜け、尚も懸命に逃げる男に追いすがる。

「その人を捕まえて」

という必死の叫びに応じる人間は、花見に浮かれ気分の人々の中にいないようであった。逃げる掏摸は細い露路《ろじ》へともぐりこみ、姿を消してしまう。

一瞬、目にとどめた娘の顔の愛らしさに気を奪われた咲之進だったが、どうなることかと成り行きを見守る。捕まえることは多分できまい、と思いつつも、なぜか彼の顔は晴れやかであった。

その咲之進が、妙だな、と思ったのはその時、五、六人の武士が今頃になってこの事態に興味を持ったようにぞろりと群衆の中から現れて、逃げた男を追おうという様子を見せたことであった。その男たちの一人は、仲間にこんな言葉を発した。

「掏摸の手に渡ったぞ。追え」

そして五、六人が、ばたばたと駆けていった。

桜木咲之進は、おかしな事がある、と首をひねった。

三

江戸は下町、町人長屋《ながや》、低い軒《のき》がずらりと並んで一軒ごとに、大工、とか、左官、などの文字が戸口の障子に書いてある。長屋の中央には共同の井戸があって、その周りにはカミさんたちが集って洗濯をしたり大根を洗ったりしながら噂話《うわさ》に興じていた。

「しかしまあ品のいい若い衆だよねえ。どことなく育ちがよさそうでさ」

「金さんとこの居候かい」

「そうだよ。金さんの遠縁の人だってけど、あの遊び人の金さんによくあんな真面目《まじめ》そうな縁者がいたもんだよ」

「吉之助《よしのすけ》さんだろう。あの人があたしに朝会って挨拶するんだよ。お早ようございます、ってね。それだけであたしゃポーッとなっちまってさ」

「お熊さんがポーッとなったってしょうがないだろう」

などとやっているところへ、突然一軒の戸がガラリと開いて男が裸足《はだし》で飛び出してきた。それを追うように女の大声がする。

「この馬鹿野郎《ばかやろう》。ひょうろく玉。すっとこどっこい。おたんこなす。キーッ」

「うるせいやい。すべた」

家の外へ逃げた男もそう言い返す。

「あれ、八五郎んとこはまた夫婦喧嘩だよ」

「年中なんだからほっときゃいいんだよ」

そんな騒ぎのただ中へ、ふらりと姿を現したのは既にお馴染みの若武者。

「八五郎さん、どうしたんです裸足で」

桜木咲之進がそう声をかけたのと同時に、八五郎の嬶《かかあ》が庖丁を振りあげて出てきて、

「この野郎殺して……、あ、おやまあ咲之進さん」

「また夫婦喧嘩ですか。仲よくしなくちゃいけませんよ」

「へへへ。こいつはとんだところを見られちまって」

と、桶職人の八五郎は頭をかいた。

「咲之進さん、今日はまたこんなところへ何の用で」

「いろはの銀次さんにちょっと用がありましてね」

「へえ。あの巾着《きんちゃく》切りの銀公にねえ。あの野郎今日はどうしたわけか家に閉じこもってますぜ。おーい銀公。お客様だぜ」

と八五郎は頼まれもしないのに先導をして、銀次という男の家の戸を開けた。

それからしばらくして、咲之進は銀次と向かいあって静かな声でこう言った。

「老人、女性、貧しそうな人の懐中物には手を出さないと約束したじゃないですか。それな

のにあんな旅の娘の物を盗ったりして」

「へっ」

と頭を下げた男は、見れば昨日の上野の掏摸であった。咲之進とはひょんなことから顔見知りの仲だったのである。

「どうも面目《めんぼく》ねえ。いやあ、あの娘の西も東も分からずにきょろきょろしてる様子を見ているうちに、つい魔がさしたってえか、指が勝手に動いちまって」

「でも、あの娘は盗られたことに気がついたわけです」

「なかなかしっかりした娘だったんでさあ。それであの騒ぎになっちまって、やべえ、と思った時にふと見たら咲之進さんが歩いてくるじゃねえですかい。もしとっつかまった時に白ばくれようってんで、ちょっと預かってもらいます、とまあ、あんなことを」

「あの財布は娘に返しておきましたよ。もっとも、娘もその時には気がつかなかったわけですが」

余人の目には到底見定められないことであったが、きのうのあの騒ぎの中でそんな事の次第があったのである。すなわち、銀次は咲之進にぶつかった時、娘から掏ったものをす速く相手の懐《ふところ》に押しこんだ。そして次に咲之進は娘とぶつかり、本人も気がつかないうちに盗られた物を戻してやったというわけである。

「あ、それはよかった。いやね、つい指が動いちまったものの、旅の娘のものに手を出したことには気がとがめてたんでさ」

「気がとがめるようなことなら、最初からしなきゃいいんです」

「いやあ全くその通りで」

いろはの銀次は頭へ手をやってぺこぺこ頭を下げた。しかし、真顔に戻るとちょっと心細そうな声を出した。

「でもまあ、あんなことをしちまった天罰というのか、ゆうべからどうもおかしな具合にとんでもねえ奴らに狙われているんですぜ」

「おかしな具合とは」

咲之進は興味深そうな顔をして尋ねた。

「いえね、夜ふらふらと歩いてやして、人気《ひとけ》のないところへさしかかったわけでさ。そしたらそこへ四、五人の侍が出てきて、刀を抜きやがった」

「侍がですか」

「今日盗ったものを渡してもらおう、とか言いやがって斬りかかってくるんでさ。危うく殺されるとこでしたぜ」
四、五人の侍といえばあの時、と咲之進は考えた。あの掏摸騒動の時、何人かの武士が銀次を追いかけて走っていった。彼らは、銀次が掏った物が咲之進の手を経て娘に戻されたことに気がついていないわけである。

「運よく川端でしたんで、そこへ飛びこんで命だけは助かりましたが水の冷てえの冷たくねえの」

娘が持っていた物を、今は銀次が持っている、と彼らは思っているのだ。

「侍に命を狙われちゃあおっかなくて、朝から家を出られねえってざまなんでさ」

「あの娘は何を持っていたんでしょうね」

咲之進がそう言うと、銀次は真面目な口調でこう言った。

「それですがね、実は手紙のような書きつけの半分が、ここにあるんでさ」

話すところによれば、娘から掏った物は財布とその書きつけだったのだという。そしてそれを咲之進の懐に押しこむ時、あわてていたのでその書きつけを破ってしまい半分だけを戻した。半分はそのまま持っているのだが、字が読めないので何が書いてあるのか分からない、ということであった。

「その書きつけを見せて下さい」

「へい」

と言って銀次が出した書きつけに咲之進は目を通した。それを読み進むうち、彼の顔には驚きの表情が広がっていった。やがてそれを読み終えて、咲之進はぽつりと呟《つぶや》いた。

「銀次さん、しばらく私の家に隠れていたほうがよさそうですね」

四

その翌日、咲之進が所用ありという顔ですたすたと足を運び、遊び人がうろつく盛り場を通り抜けようとした時であった。

ドドン、と太鼓を鳴らす音がして、

「当《あ》たーりー」

と女の声。真面目な咲之進はそんな店へ入ったこともないが、矢場という、今日で言うところのゲームセンターである。その店を無視して歩き去ろうとした咲之進の前に、恰幅《かっぷく》のいい、眉毛濃くて目に切れ味のある男が飛び出した。片肌脱いで、手には小さな弓を持ったままである。脱いだ片肌には、見事な桜吹雪の刺青《ほりもの》があった。

「おーう。咲之進さんじゃねえかい。急ぎ足でどこへ行こうってんで」

「ああ、ぶらりの金さん。あ、いや、正しくは金五さんでしたね」

長屋のカミさんたちの噂に出ていた遊び人である。何をして食べているのかさっぱり分からないという奇妙人で、いつもぶらぶら遊んでいるのだ。人当たりはよく、みんなには好かれていた。

「金さんで十分ってことよ。ちょっといいところで会ったぜ。お前さんに紹介しておきてえ人間がいるんだ」

「どなたでしょう」

「どなたってほどのものでもねえが、おれの遠縁にあたる若い者だよ。おい、吉之助」

呼ばれて矢場から出てきたのは、咲之進よりは一つか二つ歳下と思われる身なりのいい若者であった。

「はい、叔父上」

もの言いもどこか上品な礼儀正しいこの青年が、井戸端で噂になっていた育ちのよさそうな若者なのであろう。

「咲之進さん。こいつがおれの縁者の吉之助だ。訳あってどこのどなたの家臣ということは話せねえんだが、あんまり世間知らずな奴なんでおれがいろいろと世の中のことを教育しているってわけさ」

「金さんが教育をするんですか」

「そうさな。おれでなきゃあ教えられないことも世の中にはある」

「どうぞよろしく」

と青年は頭を下げ、咲之進はあわてて会釈した。

「こちらはな、桜木咲之進さんといって将軍様直参のお旗本だ。剣を取っては日本一の、夢は大きな青年剣士ってとこだ」

「将軍の家来《けらい》ですか」

「まだ親父殿が現役だから、咲之進さんは御目見え前だがな」

「お役目ご苦労様です」

吉之助という青年は妙に親しげな態度でそう言った。ちょっと様子が常人とは思えない。

「よろしく」

と咲之進は言った。

「こういう人に仲良くしてもらうのも、お前の勉強になる」

「あの、それはまた後日ということにしてもらいたいのですが」

咲之進は申し訳なさそうに言った。

「今日は人を訪ねる途中ですので、時間がありません」

「おーう。そいつはいけねえや。用があるのを邪魔しちゃいけねえ。じゃあ咲之進さん、これでおれたちは失礼しましょう。どうぞ行きなさって」

「では」

と一礼して、咲之進は歩き始めた。しかし、吉之助という品のいい青年の、澄んだ瞳がなぜか彼の心に残ったのである。

五

「ぷはっ。よくまいったな咲之進。しばらく見ぬうちに一段とよき若武者となったではないか。むはははは」

と高笑いをした壮年の侍は、とてつもない着物を着ていた。大きな亀甲《きっこう》の中に、牡丹《ぼたん》や御所車や狛犬《こまいぬ》などがはめこまれた柄《がら》の錦《にしき》の着物である。歳の割に白すぎるぶ厚い顔の、その額にあざやかな切り傷があった。

咲之進の父とは旧知の仲という、旗本きっての名物男、御神楽采女《みかぐらうねめ》という人物であった。

「ご無沙汰をいたしました。実は私、ふとしたことから少し気になるものを手に入れましたので、上様の覚えも目出《めで》たい御神楽様のお目にかけ、お知恵をお借りしたいと思った次第です」

「ほう。気になるものとは何かな。拙者《せっしゃ》、天下に名の知れたる偏屈男《へんくつおとこ》の興味をそそる話であれば面白いが、ぱっ」

御神楽采女は妙な抑揚をつけて息つぎをせずに語る癖《くせ》があるので、長く喋《しゃべ》ると最後に、ぱっ、と息をするのであった。

咲之進は掏摸の銀次が上野で旅の娘から懐中物を盗り、その中の書きつけの一部が自分の手に渡ったいきさつを話した。そして懐から畳んだ紙片を出すとそれを渡す。

「それがその書きつけです。ご覧下さい」

「うむ」

とそれを手にして読んでいく采女の、顔が見る見る紅潮していった。

「これは……、ただならぬ内容である」

「私にもそう思えました」

紙片から顔をあげた采女は見得を切るよう首を大きく揺さぶってから言った。

「この内容が事実とすれば、熊野に住む紙造りの職人が、畏《おそ》れ多くも上様専用に造る熊野誓紙の古いものを、何者かに娘を殺すと脅されてやむなく渡したということになる。ぷはっ。自らの命も危うしとみたその職人が後日の証拠にと書き残したのがこの書きつけ。ただし、紙はそこまでで破れており、誰が何のためにそのような誓紙を求めたのかまでは読むことができぬ。咲之進、拙者はそう見たがお主はどうかな。ぱっ」

「その通りです。ただ、私の身分ではそれ以上のことを調べることもままなりません」

「それはこの、御神楽采女にまかせてもらおうか。ことによれば上様をも巻きこむやも知れぬ大きな陰謀の匂《にお》いがする。むふふふふふふ、久々にこの偏屈男の興味をそそる面白そうな話になってきおったわ。ぱっ」

「お調べ下さいますか」

「まずは上様の近辺に何事かなきかをそれとなく探ってみよう。その間、咲之進」

「はい」

「お主はその娘とやらを捜し出すのだ。この書きつけの残りの部分は、その娘の手にあるのであろう」

「分かりました。そうします」

御神楽采女は姿勢を崩し、扇子で肩をぽんぽんと叩きながら言った。

「思えばその娘、掏摸に懐中物を盗られたせいで命拾いをしたのかもしれぬな」

「それは……」

「書きつけが掏摸の手に渡った、と思えばこそその何人かの武士は、掏摸の銀次とやらを襲ったのであろう。すなわち、本来殺されそうだったのはその娘のほうだったことになる」

「その通りです」

「おそらくその娘、誓紙を悪党に渡した職人の娘ということであろう。父親が殺されたのでその仇を討つため、証拠の書きつけを持って江戸へ出てきたというわけだ。ぷはっ」

流石《さすが》にこの人は鋭い、と咲之進は尊敬のまなざしで年上の旗本の顔を見た。

「ぱふふふふふ。何やら久しぶりに大暴れできそうな予感がしてまいったわ」

旗本偏屈男は楽しそうにそう言った。

六

商売のことを息子にまかせて、気ままに暮らすどこぞの大店《おおだな》のご隠居、といった風情《ふぜい》の品のいい老人が、歩き疲れたのであろう、とある茶店の縁台にすわり一服していた。老人の供として、屈強《くっきょう》そうな若者が二人、注意おこたることなく左右についている。

串《くし》団子を食べていた老人は、最後に茶をすすると、ゆっくりと立ちあがった。

「さてと、そろそろ行きましょうか」

「は」

と供の若い者が銭を出して縁台の上に勘定を置いた。

すると、店の中から出てきた十二、三の小僧が銭を集めながら怒ったように言った。

「この爺いはとんでもねえ大馬鹿だ。団子を一串残してやがら」

「こらっ、小僧何を言うか」

と大声を出したのは銭を払ったほうではない若い供であった。

「客に対して大馬鹿とは聞き捨てならぬ。言葉を取り消せ」

「やなことだ。大馬鹿を大馬鹿と言って何が悪いもんか」

「こいつ、容赦せんぞ」

供の者は二人とも顔に怒気を昇らせた。

「これこれ。飛車さん角さん、そう怒るものではない。なあ小僧さんや、私のどこが大馬鹿者なのかな」

白い髭を顎の下にたらした老人は優しいが鋭い目つきで小僧を見てそう言った。

「団子を一串残したじゃねえか。食べ物を粗末にする人間はお国の咎人《とがにん》と同じだい」

「なるほど、それも道理じゃ。しかし、腹がふくれればもう食べられぬということもあるではないか」

「自分がどれだけ腹が減っていて、団子を何串食べられるのかの見当もつけられねえ人間は馬鹿に決っているじゃあねえか」

「小僧め、言わしておけばいい気になりおって。許せぬ」

「控えおろう。このお方を何と心得るか」

気色ばむ二人の供を老人は手で制した。

「やめなさい、飛車さん角さん。これは確かに私が悪かった。この小僧さんの言う通りである。庶民が苦しい労働の中から生み出した食べ物を、粗末に扱ってはやがて国を亡《ほろ》ぼすことにもつながるかもしれぬ。小僧さん。わしが悪かった。その団子、残さず食べるから許してくれぬかの」

小僧はニッと笑って、うん、とうなずいた。

老人はもう一度縁台にすわり、一串の団子を食べ始めた。

「嬉しいことではないか。物を粗末にすることなく真面目に働くこの小僧さんのような者がおる限り、天下は幸せを築いていけますのじゃ。私もひとつ勉強になりましたぞ。カーッカッカッ」

その笑っている老人の前を、頭にねじり鉢巻きをして、尻っからげで股引《ももひき》まる出し、片肌脱いだ職人体の男が、目の下五寸はあろうかという鯛を下げて大声でわめきながら通り過ぎようとした。

「てえへんだ、てえへんだいっ。邪魔するんじゃねえ道を開けやがれ。まごまごすると踏みつぶすぞ」

袖をまくりあげたその二の腕に、くっきりと〝一生懸命〟の文字が刺青《いれずみ》されていた。

道行く者から声がかかる。

「おや、一生太助《いっしょうたすけ》じゃねえかい。何がそんなに大変なんだ」

「とぼけるんじゃねえこの唐変木《とうへんぼく》め。五年に一度という見事な鯛があがったんだ。こいつの目がまだ黒いうちに、天下の御意見番、新大久保の殿さまに食べていただかなくちゃならねえんだ。さあ、どいたどいたあ。うろちょろする奴は大川へほうり込むぞ」

とまあ、江戸の町は年中そんな調子なのであった。

七

ジャジャジャーン、と、やけに盛りあがる音曲があって、満開の夜桜の見事な美しさ。雪洞《ぼんぼり》の光に白く照らし出された桜の花のその下で、櫓《やぐら》を組んで人々は祭を楽しんでいた。太鼓、三味線、笛、鼓《つづみ》。それらの奏《かな》でる浮かれた曲に乗って、老いも若きも櫓を囲んで踊り狂う。

そして賑《にぎわ》いはピークにさしかかり、どやどやっと現れた五十人ほどの揃いの着物の女たちが、目にも艶《あで》やかに三列に並んでピタリと息の合った踊りを始めた。

大きな矢絣《やがすり》の着物に緋《ひ》の襦袢《じゆばん》、頭には白地に赤の縞《しま》の頭巾をかぶって手に手に桜の小枝を持ち、揃いの踊りを披露するその見事なこと、派手なこと。

チャンスカチャンスカポンポンポンポン。

チャカスカポンポン、チャカポコポコポン。

江戸の祭には必ずこの矢絣と桜の小枝踊りがつきものなのであった。

その踊りが一段落した時、どっとわき起こる拍手の中で、ひときわ大きく力強い拍手をする二人の旅人の姿が群衆の中にあった。手甲脚絆に三度笠のその二人は、しかしそんなに田舎者のようにも見えなかった。一人は甘い顔をした中年男で、もう一人はそれとは対照的に、一目で三枚目と分かるまずい顔の男である。

甘い顔のほうが言った。

「嬉しいじゃねえか馬さん。こうして長え旅を終えて江戸に戻ってみりゃあ、桜は満開、折よく祭ときたもんだ。まるでおれたちの帰りを祝ってくれるような塩梅《あんばい》だぜ」

まずい顔が言った。

「まさにどんぴしゃ、てけれっつのぱー。おれと野次さんの帰りを祝ってくれての祭に違えねえや。なあ、小糸《こいと》ちゃん」

そう語りかけたところに笑顔で立っているのは、年若い可憐な乙女であり、読者をして大いに驚かすべきことには、いつぞや上野の町でいろはの銀次に懐中物を掏られたあの娘であった。江戸へ出てきたものの父の書きつけを半分にちぎられ、どこへ訴え出たらよいのかの方策も見つからず、やむなく一度は故郷へ帰ろうとしたのだが、この二人連れの旅人と品川の宿で仲良くなり、もう一度江戸へ足を運んだ次第なのであった。

小糸、と呼ばれた娘は言った。

「野次さん、得意の歌を一曲歌って下さいな」

「ええっ、ここでかい」

そのやりとりを聞きつけた周囲の人々が、

「やれやれっ」

「歌ってくれっ」
たちまち群衆に押し出されるように野次さんは中央へ出されてしまった。龕灯《がんどう》の光がその姿を丸く浮かびあがらせ、音曲が始まった。
野次さんはいい声で歌い始めた。
〽故郷出たときゃ
　　紅葉の散る秋
泣いて別れた
　　あの娘《こ》は十九
桜吹雪のお江戸に戻りゃ
　どこにいるやら
　　どこにいるやら
探すこの目に　恋時雨《しぐれ》
スチャラカチャンチャン
　　スチャラカチャン
やんややんやの喝采《かっさい》で大いに盛り上がるのであった。
さて、この祭を楽しむ群衆の中に、実はもう二人、お馴染みの人物がまぎれていたのであった。若き旗本、桜木咲之進と、掏摸のいろはの銀次の二人である。捜し求める娘がすぐ近くにいるとも知らず、二人は祭を楽しむ群衆から離れて人気のない方角へと歩んでいくのであった。咲之進には、ある思案があったのである。

八

「だんだん人通りがなくなって、物騒な具合になってきやしたぜ。えい畜生。足がガタガタ震えてきまさあ」

銀次は情ない声でそう言った。

「私がついているんですから大丈夫ですよ。いざとなったら銀次さんだけ逃げたっていいですし」

「いや、咲之進さんを信用してねえわけじゃねえんですがね。どうもこの、静まり返った夜の道ってのが性に合わねえんで。うわい、神社の境内《けいだい》じゃねえですかい。いよいよものすごくなってきやがった」

二人は人気のない神社の境内を進んだ。鳥居の下の二基の松明《たいまつ》だけが辺りを照らし出す明かりであった。

「こうやって銀次さんをわざと人目につく祭に誘い出し、そのあと人のいないところへ来てもらうというのがどうしても必要だったんですよ。こうすれば多分、獲物がひっかかってくれると思うんですが」

　咲之進がそう言ったまさにその時、闇の中に黒々と佇立《ちょりつ》する大杉の陰から、ばらばらっと五、六人の侍が姿を現わした。

「待てぃ。お前たちに用がある」

「で、出たあ」

　うわずった声を出す銀次とは対照的に、咲之進は落ちつき払っていた。

「私たちに用とは何です」

「その掏摸が過日掏り盗ったもののことだと言えば分かるかな」

　侍たちの一人が低い押し殺した声で言った。暗くてよくは見定められないが、いずれも剣には覚えのあるような面構えをし、右手は刀の柄《つか》にかかっていた。

「熊野誓紙を力ずくで手に入れ、天下を揺るがす大陰謀をたくらむ者がいるということが書かれた書きつけのことですか」

「うぬっっ」

　侍たちは気色ばみ、腰を低くして身構えた。

「それを知ったからには生かしておけぬ」

　たちまち抜きはなたれた剣が、月光を浴びてギラリと光った。

　咲之進は銀次を背後にかばいながら、腰の刀に手をのばす。

「ということは、お手前がたはその悪事に加担する一味の方々」

「問答無用」

言いはなつやいきなり斬りかかってくる。

咲之進の剣が鞘《さや》を離れてひらり、と一閃《いっせん》した。

チャリン。

「ぐっ」

一瞬のうちにまず一人、咲之進は片づけた。

次の侍が右から襲いかかる。

「やあっ」

チャンチャン。

「ぐえっ」

その次は左から。

「とおっ」

ひらり。

「げぼっ」

あっという間に三人の侍が咲之進の剣に斬り倒されたのである。そこがそれ、腕前の違いなのであろう。まるで敵が順番に斬られるためにかかってきて、その中で咲之進は流麗に舞っているかのようにさえ見えるのであった。

咲之進があらためて剣を正眼に構え直すと、残る三人の侍はへっぴり腰になってじりっじりっと後退した。

とその時、

「そこまでだ。若造」

と声がして、杉の巨木の陰からもう一人の人物が現れた。

「動くな。動けばこいつが火を噴くぞ」

あっ、と顔に緊張感をみなぎらせる咲之進。

現れた敵の手には、短筒が握られていたのである。

「剣の腕はなかなかのようだが、飛び道具にはかなうまい」

そう言ってニヤリと笑ったその男は、総髪の髪を肩にたらした線の細いやさ男で、目にはどことなく狂的な光が宿っていた。

「ひ、卑怯《ひきょう》じゃねえか」

と言う銀次には目もくれず、

「どこまで知っておるのか分からぬが、ともかくこの世から消えてもらうしかあるまい」

咲之進は剣を構えたまま、じりっと一歩後退した。

今にも銃口が火を噴くかと思えたその時、

ピュン、
とどこからか小さな石の礫《つぶて》が飛来して、総髪の男の手の甲に当たった。

「あっ」

叫ぶと同時に思わぬ角度に弾丸が発射され、
ダン。

そして短筒はガチャンと地面に落ちた。

「てめえら、じたばたせずにお縄につけい」

その大声が暗い神社の境内に響いた。

主領格の総髪は、

「ちっ。引け、引けい」

と命じ、侍たちは闇の中へと逃げ去った。

何が何だか分からずに咲之進は呆然《ぼうぜん》と見送るばかりである。

とそこへ片肌脱ぎの男が勢いよく走り込んできて、侍たちの逃げた方向を見定めてから、
ちっ、と舌を鳴らした。

「逃がしちまったか」

「あっ」

と驚きの声を発したのは咲之進である。

「あなたは、金さん」

「おーう。咲之進さん危ねえところだったですぜ。もっとも、あんたの腕がありゃあ短筒に勝つ手だてがあったのかもしれねえが」

「礫を投げたのは金さんだったんですか」

思いがけなく登場した遊び人の金五に、咲之進は放心したようにそう言った。

「飛び道具には飛び道具をと思ったわけでね」

「しかし……、どうして金さんがここに」

遊び人とは思えない鋭い目つきをして金五は答えた。

「なあに、こっちはこっちで、別の角度から奴らを調べていたってことさね」

さらりとそう言ってのける金五であったが、咲之進にはその意味するところが理解できなかった。

九

大江戸八百八町、と称される如く、江戸時代においてそこは既に人口百万を越す大都市であった。その大都市が、天と地がひっくり返ったような大騒動に巻き込まれてしまった。

その情報は瓦版の報じるところとなり、たちまちのうちに全市民の耳に達し、一日中その噂で持ちきり、という具合になってしまった。とにもかくにも、泰平の世を揺るがす大事件なのである。

例の大店の御隠居風の老人も、二人の供の者に興奮した口調でこんなことを言った。

「飛車さん角さん、これは徳川将軍家の屋台骨を揺るがす重大な事態ですぞ。ここをどう乗り切るかは、徳川家の存続にかかわるかもしれませんのじゃ」

そして、一生太助を相手に、新大久保駅左衛門《えきざえもん》は、タライに乗ってわめきたてた。

「太助。登城じゃ。わしは今すぐ登城するぞ。このような大事を見過しておるわけにはいかん。老いたりといえどもこの駅左、権現様《ごんげんさま》の幼少の砌《みぎり》より……」

そしてまた、御神楽采女も、桜木咲之進を相手に興奮して一気にまくしたてていた。

「ぷはーっ。恐れいったる事態になったるものぞ咲之進。将軍家用の熊野誓紙を使って悪事をたくらむ者があるやも知れぬという話がとんだ形で真実のものとなったらしい。こともあろうに先の上様がおん手ずから書き残したる誓紙がここにあると言いたて、その御落胤と称する者が現れたのだ。ぱっ。紀州の神官の娘なるものに上様がかの地逗留《とうりゅう》の折手をつけられたといい、もし男児が誕生すればそれを我が嫡子《ちゃくし》と認め必ずや将軍職に就かせるものなりと約した誓紙がここにありと申したて、天中坊《てんちゅうぼう》なるその御落胤が降ってわいたように出てまいった。ぱっ」

「幕府ではそのこと重視なされているとか」

「さもあろうぞよ、咲之進。上様専用の熊野誓紙に書かれた約束と申すものを軽々に扱うわけにもいくまい。天中坊の養育係とか申す阿部川半膳《あべかわはんぜん》なる者の言葉に大いに耳を傾けるむきもあるとか。大目付の春日部伊勢守唯悪《ただわる》などは、もしそれが事実ならば現将軍の吉則《よしのり》公よりも、そのお方こそ将軍職に就かれるべきだと言いたてておるらしい。ぷはっ。なにせ、先の上様にはお子がないことになっており、そのために尾張徳川家より立てられたのが年若い今の上様なのだからの」

「しかし、その誓紙が偽物であれば……」

「それよ。ぱっ。もしその誓紙が偽物であるとすれば、御落胤は天下を狙う大悪党ということになる」

咲之進ははっ、と平伏してから、重要なことを口にした。

「実は、私、例の書きつけを上野で掏られた娘を捜し出しました」

「なに。見つけたと言うか」

「はい。銀次の仲間の、銀三、銀四、銀五、銀六らの掏摸どもの力を借り、小糸と申すその娘を確かに」

「でかした。して、書きつけの残りの部分は」

「それも手に入れました。その中には、この陰謀の張本人の名がしかと記されています」

「ぷぷぷはっ」

旗本偏屈男は大きく膝を乗り出した。

「それが手に入ったとなると……、むふふふふ、いよいよわしらの出番ということになりそうだな。明日、南町奉行所《ぶぎょうしょ》において御落胤が本物か偽者かの詮議が行われることになっておる。咲之進、その詮議の場へ潜り込んでみるか」

「はい」

「うむ。これは面白い見物になりそうだわ。ぷはっ」

御神楽采女は興奮で額の傷痕《きずあと》を赤く染めて語気鋭くそう言った。

十

詮議、といっても盗みや火付けといった犯罪の容疑者を取り調べるわけではないから、お白州《しらす》で行われるわけではなかった。南町奉行所内の大広間において、関係者多数が一堂に会して、奉行の進行により証拠調べが行われていくのである。

桜木咲之進は、役人の一人といった顔をしてその詮議の場に臨んでいた。御神楽采女が手をまわしてそのようにはかってくれたのである。

そして、彼の目には、この御落胤騒ぎが全くの陰謀であるということが最初から見抜けていた。

咲之進とほぼ同じ年頃と思われる天中坊と称する貴人顔の青年がこの場にいた。それは、初めて見る顔である。

だが、その養育係と称する阿部川半膳という人物。その男には見覚えがあった。その男こそ、夜の神社の境内で、咲之進を短筒で殺そうとした人物に間違いなかったのである。

しかし、若輩者《じゃくはいもの》の咲之進が詮議に口を出すことはできなかった。彼としてはただ静かに事態を見守るばかりである。

詮議は、まず誓紙が本物かどうかを中心に進められた。紙が本物であることは確かだ、と証言する者がいる。筆跡は、先の上様に似ているような気もする、という程度。

しかし、将軍家専用で他には決して出まわらぬ誓紙が使用されている、ということの持つ意味は重大であり、誰もが信用しかけていた。

この時、進行役の南町奉行が発言をした。

「しかしながら、ここにこのような書きつけがござる。そしてこの中には重大なことが書かれておりまする」

例の、小糸の父が書いたという書きつけを奉行は畳の上に広げた。それは、ちぎれて二つに分かれていた。

咲之進の手から御神楽采女を経て、密かにお上に提出されていたのである。それを今、奉行は詮議の場に持ち出したのだ。

その奉行は、咲之進のよく知っている人物によく似た顔をしていた。

やがてそのぼろぼろの書きつけの意味するところを知って、人々は大きくどよめいた。将軍家専用の誓紙を、そのような方法で手に入れた人物がいるということになれば、事の次第が大きく違ってくるのだ。

「するとこの誓紙は偽か」

と呟《つぶや》く者も出る。

「お待ち下さい」

阿部川半膳は落ちついた口調で言った。

「先の将軍の花押《かおう》もあるこの誓紙と、そのぼろぼろの紙きれ一枚と皆様方はどちらを重視されるのか。その紙きれに重大なことが書かれているといえども、それこそ、偽の証拠でないとどうして言いきれましょうかな。もしそのようなことであれば、今のままの権力の座にありたいと願う不忠者の、そちらこそ大陰謀でありますぞ」

この言葉に一座の者はたじたじとなり、誰も口を開かなくなった。

「その紙きれこそ、悪党の仕組んだ大ペテンであって……」

そこまで半膳が言いかけた時だった。突然、奉行が武士にあるまじきとんでもない発言をしたのである。

「ええい、黙りやがれ、サンピン」

そう言ったかと思うと奉行はいきなり片膝立てて、裃《かみしも》を脱ぐやその下の着物も、あっという間に片肌脱ぎになった。

あっ、と声を出しそうに驚く咲之進。

奉行の肩から腕にかけて、見事な桜吹雪の刺青があったのである。

「おーう。この桜吹雪の彫物が目に入らねえか。この腕の投げた礫で、てめえの右手には傷があるはずだぜ」

「き、貴様は」

南町奉行はニヤリと不敵に笑った。

「おれか。教えてやろう。ある時は片方の目の不自由な駕籠《かご》かき、またある時は謎の南蛮人、そしてまたある時は遊び人の金さん。しかしてその実体は、南町奉行、遠柳金五郎忠今《とおやなぎきんごろうただいま》だあっ。ぶるるる」

「ぬわっつ」

「てめえたちの陰謀にゃあ、薄々気がついていていろいろ調べていたんだ。そこへ手に入ったこの証拠の書きつけ、これがあっちゃあ言いのがれはできめい」

「下らぬ。気でも狂ったか」

「おーう。ここまで言っても観念しねえとあれば、ついでにてめえの正体も明かしてやろうか。阿部川半膳とは真っ赤な偽り。過ぐる十年前、浪士たちを集めて幕府転覆をはかった残雪の乱てえものがあったことを忘れちゃいねえだろう。その主領の優曇華残雪がてめえの正体だ。観念してお縄につきやがれい。ぶるるるっ」

ここに至って座の一同は真実を知り、大悪人を捕えようと取り囲んだ。

優曇華残雪は天中坊をかばうように立ちあがり、不敵な笑いを顔に浮かべた。

「私を捕えることは誰にもできぬわ」

そして、言うなり懐から取り出した鶏卵大の玉を、畳に叩きつけた。

ぱっ、と広がる白煙。わっ、とどよめく人々は、その目つぶしの粉をあびて瞬時視力を失った。

剣の達人桜木咲之進だけは、反射的に着物の袖で目をかばって無事である。残雪は逃げた。咲之進は追う。

この希代の悪党がどこへ逃げ込もうとしているのか、薄々咲之進には見当がついていた。

十一

はたして、残雪が逃げ込んだのは、幕府の重役大目付職にある、春日部伊勢守唯悪の屋敷内であった。その人物こそ、例の書きつけの中に事件の主謀者として名が記されていたのである。

追ってその屋敷の庭に入った咲之進は、刀を抜きはなった。屋敷の家来どもが刀を構えて待ち受けていたのである。

遠く、屋敷の縁側を見れば、そこに悪党どもが揃っていた。優曇華残雪と偽天中坊、そして伊勢守と、これは咲之進も名を知らぬが、悪事に資金を出した商人、近江屋の四人である。

伊勢守がそこから大声を出した。

「無礼者。幕府重役の職にあるこのわしの屋敷内に斬り込むとは天下の大罪。その罪死に値するわ。斬れ斬れ、殺してしまえ」

身分でいえばはるかに上の人物にそう言われて咲之進はややひるんだ。

とその時、大きな声がかかる。

「ひるむな、咲之進」

声のしたほうを何十もの目が見つめた。

庭の隅《すみ》から姿を現したのは、人々の意表をつくものであった。

歌舞伎の連獅子《れんじし》の、あの真っ赤な長い毛を頭からかぶった人物が進み出たのである。そこへかぶさる鼓の音。

ポンポンポンポン、ヨーオ、ポン。

すたすたと歩み出て、長い毛をぐるぐるまわしてひとさし舞う。あっけにとられて全員ただただ見守るばかりであった。

やがて、舞い終えたその人物は、赤い毛のかぶりものをぱっ、と脱いだ。同時に衣裳ががらりと変わる。銀色の緞子《どんす》の地に、老松《おいまつ》と鶴の刺繍が上前から背にかけて大胆に入った着物という姿であった。足を広げると流水に椿の柄の友禅の長襦袢がちらりと見える。

「ぷはっ。幕府の重役が相手たりとて遠慮には及ばず。我ら旗本とは将軍家の直参にして上様直々の家臣である。その上様の為ならぬ悪事をたくらむ輩《やから》なれば、討ちとって当然というもの。ぱっ」

言いながら剣を抜いた。

「ましてやこの御神楽采女、先の上様より天下御免の向こう傷と称せられ、偏屈を通してかまわぬとのお言葉をいただいておる。むはははは。悪党ども拙者の刀にかかり、諸刃流《もろはりゅう》ゾーリンゲン崩しを受けてみよ。ぷはっ」

「ええい。斬れ、斬れ」

と伊勢守がわめいて、たちまち始まる剣戟《けんげき》の響き。

チャンチャンバラバラ、チャンバララ。

采女は舞うように、次から次へと悪党の手下どもを斬っていく。咲之進もそれに負けじと、チャンチャン、バラバラと敵をなぎ倒し、たちまちのうちに二人で七、八十人を斬ってしまう。

悪党を追いつめて縁側を進む采女。障子を突き破ってむこうから剣が突き出されるのをひらりとよけて、足もとに襲いかかる剣をぱっと跳んで躱《かわ》し、まず前の敵を斬り、次に障子の桟ごと背後のを斬る。

咲之進のほうは、じりじりと逃げようとする優曇華残雪のほうを追いつめていた。

采女に追いつめられて伊勢守が、必死の形相でやけくその反撃に出た。

「やっ」

すれ違いざま、采女の剣が伊勢守の胴を斬った。

「うぐわっ。ぐるる、げべっ」

春日部伊勢守唯悪は苦悶の表情を浮かべ、宙をかきむしり、のたうちまわり、歯をギリギリ鳴らし、なおもよろめき、もう一度見得をきるように周囲をながめ渡してから、ばたりと倒れた。

近江屋と天中坊は腰を抜かしてガタガタと震えている。

一方、咲之進は庭の一角に残雪を追いつめた。

「若造め。地獄への道づれにしてくれるわ」

言うなり残雪は、裂帛《れっぱく》の気合いとともに斬りかかってきた。撃ち込みを剣で返す。

チャリーン。

咲之進ぐるりと体を一回転させて、

「やっ」

「うぐっ」

総髪がおどろに乱れて残雪の顔に苦痛の色が表れた。やがて、その口から真っ赤な血がごぼ、と吐き出される。

「咲之進さん」

と声のする方を見れば、どうしてそこにいるのかよく分からないが、襷《たすき》がけの小糸が短刀を構えて立っていた。

「はい。小糸ちゃん、今だ」

「小糸ちゃん、父っちゃんの仇、覚悟」

と叫ぶや、小糸は残雪に駆け寄り、短刀でその胸を突いた。

「げっ」

とうめくや、残雪はゆっくりと崩れ落ちていった。

「でかしたぞ、咲之進。これでお主も立派な旗本の一人であるといえよう。むは、むはははは」

旗本偏屈男の高笑いが、真っ青な空に抜けていった。

十二

江戸城内、桜の巨木の下であった。満開を誇っていた桜が、今はあたかも降る雪のように、ヒラヒラ舞い散って視界も霞むほどである。

その舞い散る花びらの下に、桜木咲之進はピンと角の尖った裃を着て、辞低く平伏していた。

咲之進のこの度《たび》の働きに対して、上様に直々のお目通りがかなう、いやそれどころか、直々に礼の言葉をかけられるという栄誉に浴することになったのである。

将軍のお姿など見たこともない咲之進は、ひたすらに恐縮して地に頭をこすりつけるようにしていた。

やがて、そのお方が近くへ歩み寄ってくる気配があり、初々《ういうい》しい若い男の声がした。

「桜木咲之進か」

「ははっ」

「苦しゅうない。面《おもて》をあげよ」

「はっ」

と答えて僅かに頭を上げる。そのお方の顔を、咲之進は見た。そして、あっ、と声をあげそうになった。

咲之進の驚いた顔を見て、将軍吉則はニッコリ笑った。その顔は、金さんのところの居候であった吉之助という少年のものであったのである。

「そのほうのこの度の働き天晴《あっぱ》れであったぞ。褒《ほ》めてとらす」

「ははっ」

恐縮しながらも、咲之進は将軍の後ろに武士のなりをした金さん、いや、南町奉行遠柳金五郎の姿があることに気がついた。

そうか。そういうことだったのか。

将軍吉則は楽しげにこんなことを言った。

「そちには、仲良くしてもらっていろいろ教わらねばならぬ。そういう約束であったからな」

「ははーっ」

桜木咲之進はもう一度、低く頭を下げた。思いもよらぬ名誉を彼は授けられたのである。

空には桜の花びらが舞い狂っていた。江戸城の天主閣もおぼろにかすんで見えるほどである。

そしてこの時、不思議なことが起こった。

その天主閣のてっぺんのあたりに、ふっ、と何やら黒いものが出現し、それが見る見る大きくなってきたのである。そしてその黒いものは、大きくなると同時にどんどん咲之進の頭上の桜の木のほうへ飛んできた。

やがてそれが、どーん、とびっくりするほど大きなものになって江戸城を、桜の木を、咲之進を覆った。

それは、「終」という巨大な文字であった。

山から都へ来た将軍

一

木曾冠者《きそのかんじゃ》と呼ばれる怪力無双の大男がいた。

正式の名は源《みなもとのじ》次郎義仲《ろうよしなか》、通称木曾義仲《きそよしなか》である。

この男、力が強いばかりではなく、強い弓をいとも易々と射る豪傑で、馬上だろうが徒歩《かち》だろうが、およそ組みうちして負けたことがないという勇士だった。

それでいて、性根には優しいところがあり、思考力には鈍いところがあった。身分の低い武士と相撲をとって、相手をぶん投げて嬉しそうにわはは、と笑っているかと思うと、その相手が膝に怪我をして血を流しているのを見てとり、駆け寄って、ごめんなあ、ごめんなあ、とあやまるというような人柄だった。

成人しても義仲は、文字をひとつも読み書きすることができなかった。僧について大いに勉強したのだが、一字たりとも彼の頭の中には入らなかったのである。

「わしは、バカだから字は無理じゃ」

と義仲は言った。

「むずかしいことは、できる者に助けてもろうていくまでだわさ」

とケロリとしている。

わけあって今は信濃国木曾の山奥に逼塞《ひっそく》しているが、出自は賤《いや》しからざる者であった。父は源義賢《よしかた》、祖父は源為義《ためよし》、と言ってもわかりにくいが、為義というのは源頼朝《よりとも》の祖父である。父の義賢は、頼朝や義経《よしつね》の父義朝《よしとも》の弟であると言えばつまり、頼朝や義経のいとこであるとわかるであろう。

その父が、義仲二歳の時に、甥（頼朝の異母兄）の悪源太《あくげんた》義平《よしひら》のために討たれた。その時普通ならば落ちぶれはてるところを、木曾の中原兼遠《かねとお》に養育されることになり、以来二十余年を山の中で成長した。

源氏の出、とは言っても義仲が育った時期は、平清盛の全盛時代で、平氏にあらずば人にあらず、とまで言われた頃である。怪力だけが取り柄でなんとなくぼーっとしており、しかも読み書きのできぬ義仲には、世に出る機会も、野望もなかった。腹いっぱいめしが食えて、屈強の者と力くらべをして、楽しく生きていければ生涯木曾の山の中にあって何の不満もない、と思っていたのである。

友だちもいる。

乳母子《めのとご》の今井四郎兼平《かねひら》とは、幼い頃からずっとじゃれあって育ってきた仲で、成人した今も、誰よりも心通いあう友である。互いに、相手のためになら命をも捨てる、と思いあっているほどであった。

そして、美しい妻もいる。美しいだけではなく、夫にひけをとらぬほどの怪力で、豪傑であった。

四郎兼平の妹の、巴《ともえ》である。戦《いくさ》ごっこをして、屈強の男どもに一歩もひけをとらぬ、というどころか、まずほとんどの男が巴にはかなわない、というほどの女傑であった。

「よし。巴、組みうちしよう」

「負けませぬぞ」

「なんの。負かしてやる」

「いやいや」

と、十代の頃に組みうちして、二人でころげまわっているうちに、おや、これはまあ、なんやら心地よいではないか、という気分になってきて、二人は結ばれた。多分まあ、そんなところであろう。そしてそろそろ十歳ばかりになる子、義高《よしたか》をもうけている。

妻があり、子があり、友があって、これ以上何もいらぬではないか、と義仲は思っている。退屈しのぎに時々猪狩りか、戦があればもうそれで十分だ、という気でいた。

字が読めぬ無学なところは、有能の者に補ってもらえばよい。中原兼遠は義仲に、右筆《ゆうひつ》兼軍師として、大夫房覚明《だいぶぼうかくめい》という知恵者をつけてくれた。僧あがりの学識者で、歳は義仲とぞう変らない。そいつが、どんな字でも読め、万巻の書物をそらんじているという具合で、義仲から見れば天才そのものであった。むずかしいことは覚明の言う通りにしよう、と義仲が思うのは当然であったろう。

ただし、覚明は弱いもんなあ、と思う。あれでは男としてみっともないだろう、という気がするほどで、義仲は義仲なりに自分に自信を持っていられた。

おれなら、熊に出あっても素手でやっつけちゃうもんなあ。巴だって、仔熊ぐらいならねじり倒すであろう。覚明はいたちにも負ける。

ま、人はそれぞれだ。おれは野山を駆けまわる。親友の兼平もおり、妻の巴もおる。むずかしくてわからぬことがあれば覚明にきけばよい。

というわけで、義仲は平和に、木曾の野山に馬を駆けさせていた。女だてらに巴も馬で駆けまわるのにつきあう。

目にも見事な武者ぶりである。大男と美女が、華麗なる鎧《よろい》を身につけ、縦横無尽に馬を乗りこなすのだ。そして時折、わははははは、と馬上豊かに豪傑笑いをする。絵にしたいような場面であろう。

ただし、今日の人が誤ったイメージを持たぬように補足しておくと、当時の日本の馬は今日のラサブレッドなどとは比較にならぬほど小さかった。その中でも木曾駒は小さかったというから、ほとんど、ロバに武者がまたがっているかのように見えたはずである。

それでも、その頃の義仲は何の不足もなく、平和に、充足していた。二十代後半にさしかかったあたりである。

二

義仲の運命が大きく変り、歴史の波濤の中に引きずりこまれていくのは、一人の客人が訪ねてきてからである。

一人の客人と言ったのは言葉の綾で、その人物は多少の家来を伴って木曾の義仲のところを訪ねてきた。

叔父だという。

すなわち、義仲の父義賢の弟で、源行家《ゆきいえ》。

「立つ時がきましたぞ」

と、壮年のその叔父は言った。

「どういうことかのう」

と、義仲にはさっぱりわからない。

「平家を討つのです。今こそその時。平家を討って、源氏の世を再興するのです」

「なんでかの」

「平家の暴虐はとどまるところを知らず、都は荒れ、国が滅びかけておるのです。平清盛の悪行は見放しにはしておけず、源氏こそがそれに対抗できうるのです」

行家は、大いに平家の悪政を説いた。そういうことを諸国にふれてまわるアジテーターのような人間なのである。

清盛がクーデターで政権を奪い取り、おそれ多くも後白河法皇を幽閉した、ということを語った。それどころか、娘の徳子を高倉天皇のもとへ入れ、生まれた皇子を即位させ安徳天皇としてしまった。これは、天皇家をも意のままに操ろうとする大陰謀である。

「そこでついに、以仁王《もちひとおう》が立ち申した」

「えーと、それは誰かなあ」

「後白河法皇の皇子です。この以仁王が、源頼政《よりまさ》らとはかって、平家討伐の令旨《りょうじ》を出されたのですが、この五月、宇治川の合戦で頼政は討ち死にし、以仁王も敗走途中で戦死なされたのです」

「それは、かわいそうだなあ」

「まさしく、お気の毒。その一事をもってしても、平家の罪は許し難いと言えます。しかし、以仁王はなくなられても、その人の出された、平家討つべし、という令旨は生きておるのです。それに従って、今こそあなたが立たなければなりません」

「あの、なんでおれがなのかなあ」

「源氏の主流のお方だからです。源氏はもともと平家と並び立つ武門の家柄でありながら、ここしばらくは平家に追われ落魄《らくはく》をしておったのです。しかし、今こそお家を再興する時です」

へーえ、と義仲は驚きの声をあげた。

「おれの家柄は、そんな立派なものであったのか。知らなかった。知らなかった」

知らなかったではすみませんぞ、と行家は言った。

「東国に、源頼朝がいます」

「それは誰かな」

「平家に討たれた義朝公の子で、つまりあなたのいとこです」

「えーと、それはつまり、おれの父上を討った義平の弟かな」

「そうですが、そんな昔のことはどうでもよろしい。この頼朝が、今はまだ配流中の身の上ながら、以仁王の令旨にぜひともおこたえすべしと、近く、兵をあげるつもりでおるのです」

「あっ、それはつまり、桃太郎の鬼退治のようなものだな」

行家はげんなりしたが、なんとか踏みとどまって、まあそうです、と言った。

実は、頼朝に以仁王の令旨を伝えたのもこの行家である。各地の反平家勢力をまわってはアジをしているのだ。そして行家は、頼朝とはソリがあわず、不本意な扱いを受けたのでおもしろくなくなり、木曾の義仲のところへ来たのである。

「そこで、東国から都へ攻めのぼろうという頼朝公に味方して、北国からもうひとつの勢力として、都をめざそうとは思われぬか」

「えーと、おれが？」

「そうです。二人のうち、先に都に攻めのぼって平家を討ったほうが、征夷大将軍になれるわけです」

「どわ。そんな大層なものになるのはおれには無理だ」

「いや、後白河法皇は平家憎しと思っておられるのですから、平家を討てば将軍にして下さいましょう」

義仲はそう言われて、困ったようにかたわらにひかえる今井四郎兼平を見た。そんなことを言われてもなあ、という風情で首をすくめ、豪傑まるだしの大男であるだけに、妙にユーモラスである。

「将軍の役は、東国の頼朝公にやってもらおう。おれには似合わん」

「ならば、二人が共に将軍になってもよいではないですか」

「あ、二人ともか。うん、そういうのはへだてがなくていいかもしれんなあ」

行家の誘いについて、義仲は信頼する家来と相談してみた。むずかしいことはみんなの知恵を借りて、というのが彼の唯一の方針であったから。

「殿なら、いい戦ができましょう。今をときめく平家とても、殿の前には敵ではない」

と兼平は言った。

「うん。戦ができるというのは、よいなあ、と思っておるんだ。おれは戦をしていてこそいきいきしてしまう人間でなあ」

「私も、戦には賛成です」

と、妻の巴が言った。言いながら、襷《たすき》がけになろうかという勢いである。

右筆で軍師の覚明が、この話には一番心を動かされているようだった。

「木曾から都へ躍り出てみますか。そうすれば殿も、大将軍」

「将軍は頼朝にまかせたいんだけんのう」

「ま、それはさておき、世に打って出るわけです。面白そうではございませんか」

義仲は世話になった兼遠にも相談した。頼朝公に遅れぬよう、この義仲も東山、北陸両道を平らげて、都にのぼって平家を攻め落としたいのだがと。

するると兼遠はこう言った。

「そのためにこそ、あなたを養育申しあげたのです。きゃっほう！」

そうか、と義仲は決心を固めた。

都へのぼり、悪い平家をやっつけるんだ、である。そうすればみんなが喜ぶいい時代になるんだから、とのみ考えていた。

治承四年（一一八〇年）八月十七日、東国の頼朝は反平家の旗をかかげて伊豆に挙兵した。

同じ年の九月七日に、木曾義仲は同じく反平家の旗をかかげて、木曾に挙兵した。

三

兵をあげた頼朝は、勝ったり負けたり、一進一退を続けながら、自分の足元の東国を固めていった。

一方、義仲のほうも、まずは近国との小さな戦をしつつ信濃を固めるばかりで、都へは進軍しなかった。二年ほど、ただ地元でもたもたしていたのである。

その理由は、大飢饉のせいであった。

その頃、日本中が大凶作で、大変なありさまになっていたのである。『方丈記』にくわしく述べられている、あの飢饉である。

「薪にさへともしくなり行ば、たのむ方なき人は身づから家をこぼちて、市にいでゝ」売らねばならなかったほどの大飢饉。京都だけでも餓死者の数四万二千三百余というものすごいものであったという。

その飢饉の間、さすがの義仲も、頼朝も、進軍よりも自国をかためるほうを優先せねばならなかった。もっとも、そういう世情不安が平家にはもううんざりだ、という世論を構築していくわけだが。

そしてその中で、平清盛が死ぬ。

一一八二年の暮頃に、義仲は五万余騎の兵をもって京への進軍を開始しようとした。ところがその時、東国の頼朝から、思いもかけぬ疑いをかけられてしまう。

義仲は頼朝を討とうとする者であるから、こちらから先に成敗してくれる、と十万余騎をもって信濃国へ出動したのである。

「ど、どうしてそういうことになるのだろ。我らは互いに平家を討とうとしている味方で、いとこ同士ではないか」

義仲にはさっぱり理解できないことであった。政治感覚がゼロという男なのである。

「強いものは全部敵にまわるかもしれぬ、というのが頼朝公の発想なのでしょう」

軍師の覚明がそう言う。

「おれは強いけど、味方なんだがなあ」

義仲は今井四郎兼平を善光寺にいる頼朝のところへ使者に出し、申しひらきをした。あなたと仲たがいする気はありません。あなたのところを追っ払われた行家がこっちにいますけど、これは、そうすげなくもできないからでして。

頼朝はそれでもまだ信じてくれない。

「殿。ここはひとつ、殿に二心なきことを示すために、嫡子義高様を人質に出しましょう」

十一歳の我が子を人質にとられてしまうのである。

「かわいい我が子をよそへやるとは、悲しいんだけどなあ」

義仲は大いになげいたが、それによってとりあえず頼朝の疑いは晴れた。

さあ、その件が片づいて、義仲は北陸道を進んでいく。

これに対して平家側は、十万余騎の兵を加賀国篠原に進めた。そのうちの兵七万が、加賀と越中のさかいにある砺波山《となみやま》へと向かう。

「叔父上は一万の兵力を持って志保へと進軍されよ。他の兵は六つに分かれ、砺波山を囲んで布陣する。よいか。作戦はおれの頭の中にあるからの」

字は読めなくても、戦となると義仲の頭は本能的に回転するのだった。戦うために生まれてきたような男なのだ。

「平家は大軍だから、砺波山を越えた平地で戦をするつもりだろう。そうなれば、兵の少ないこっちが負ける。まず旗手を先に立てて源氏の白旗を見せつけよ。平家は、こっちを大軍だと見誤り、平地に出て囲まれてしまうことをおそれて山中にとじこもるだろう。そこへとどめておいて、日の暮れるのを待って総攻撃をかければ、敵はすべて倶利伽羅《くりから》峠へ追い落とされる。へへへ。いい作戦だろ」

一一八三年五月十一日。戦は義仲の予言した通りに進んだ。

そして、日の暮れかかる頃。

義仲は、総攻撃を命じた。峠の上にまわしておいた一万余騎が箙《えびら》（矢を入れて背に負う道具）の箱のところをたたき、鬨《とき》の声をどっとあげた。

思わぬ方角から敵の大軍が出現したわけである。暗い上に、声が大きいからことさら大軍に思える。平家の兵たちはそれだけで浮き足立った。

『源平盛衰記』によればこの時義仲は、数百頭の牛の角に松明《たいまつ》をくくりつけて突進させ、すなわち中国は斉の田単《でんたん》にならった火牛《かぎゅう》の計を用いた、というのだが、そこまでのことはしたかどうか。そこまではしなくても、大いに騒いで夜、上から襲いかかることで、それと同様の恐怖を平家側に持たせたということであろう。

我先にと平家は逃げまどい、馬の上に人、人の上に馬と落ち重なって、深い谷を平家の軍勢七万余で埋めてしまったという。岩間をくだる川の流れは血の流れとなり、死骸は丘になった。

これが、倶利伽羅峠の戦である。

やってみればやはり、義仲はめちゃめちゃ強かった。

さらに義仲は兵を進め、加賀国篠原を落とした。次には、越前の武生《たけふ》へと進む。京の都はもう目と鼻の先である。

そこで、比叡山の僧兵をこちらにつかせようと使者を送った。そういう計略は覚明や、叔父の行家が考えるのである。義仲は、なるほどそれは名案だわ、と言ってるだけ。

比叡山は義仲側についた。あとは京へ攻めのぼるだけである。

遅ればせに比叡山へ使者を送った平家側は、そこももう義仲についていると知ってパニックに陥った。木曾から、鬼のような荒武者が攻めてきて、明日にも京へ入ってくる、と怯《おび》えまくったわけである。

七月二十五日、平宗盛は、安徳天皇と、その母建礼門院（中宮徳子）を伴って京を捨て、西海へと逃げた。

七月二十八日。木曾義仲は敵の逃げたあとの都へ、易々と入京した。

「わはは。頼朝公よりおれのほうが早かったぞ」

と喜んだに違いない。

四

平家側としては都を落ちる時に、天皇だけではなく法皇も伴って逃げたかったのだが、後白河法皇はそいつはたまらん、というわけで隠れた。そして、入京した義仲に守護されて法住寺殿に入り、そこを御所とした。

平家は重要なカードを一枚取り落としたのである。そして、法皇に認められたことで、義仲は官軍ということになった。

法皇の院宣が下り、義仲は従五位下《じゅごいげ》（従五位上説もある）左馬頭《さまのかみ》越後守に任ぜられ、旭将軍（朝日将軍と表記する例もある）というものに取り立てられた。ただしすぐ後に、越後守は伊予守に変更になった。

源行家はこの時、従五位下備後守《びんごのかみ》に任ぜられたが、数日後、備前守に変更になった。

少し、ごたごたしている。越後守が伊予守に変ったり、備後守が備前守に変ったりしているのは、田舎者の彼らが越後はいやだとか備後じゃ不足だ、なんて文句を言ったからであろう。それはまあいいが、一説によれば、この時の勲功賞が、義仲より劣ると行家はヘソを曲げ、以来二人の仲が険悪になっていったそうである。行家にしてみれば、あんな強いだけのバカより私の働きのほうが重大だ、という気分だったのであろう。

それはともかく、義仲は当初の目的通りに、頼朝より先に京に入って、悪い平家を追っ払った。ただ追っ払っただけで、敵は幼い帝をつれており、西国（とりあえず四国の屋島を拠点にした）で勢力の回復を期しているのだから、まだ完全に勝ちを手にしたというわけではないのだが、一応都でヒーローとなったのである。

「やりましたなあ、殿。将軍ですぞ」

今井四郎兼平は興奮気味にそんなことを言う。

「それはいいけど、将軍ってのは何をしたらよかんべなあ」

義仲は、戦に勝ったあと、さて何をすればいいのかまったく知らなかった。それは、知恵係の覚明も似たようなもので、書物をよく読んでいる田舎の秀才程度では、都の政治がわかるわけもない。

だから、義仲はただぼーっと京にいた。

そして、おもいつきで事をなせばなすほど、都での評判をおとしていった。

馬に餌をやらねばならんので、都の青田を刈ってしまったところ、悪逆非道のふるまいだと言われた。田舎からついてきた兵士たちは、上から食糧がまわってこないので、追いはぎ、強盗をして都を荒らしまわった。義仲にしてみれば、戦が終ってしまって、数万の兵をどうやって食べさせていいのかわからなかったのである。都の人はいい着物を着て、たらふく食べているんだもの、解放軍の我々に少しは食糧をまわしてくれたっていいではないか、という気分だったろう。

しかし、評判は地におちる。

ど田舎から、野人のような者が来て、都で暴れまくっている、という評価になってしまうわけである。義仲の無作法ぶりや、粗暴ぶりを伝える噂話が密かに伝えられ、都人の笑いものになっていく。

たとえば、猫間中納言光隆卿という公卿が義仲を訪ねた時、義仲はこう言った。

「ぎょ。都では猫が人間に会いに来るのか」

「いえ、そういう地名のところに住む人間です」

「あ、そうか。では会う」

そして義仲はその人にめしをすすめた。自分も、丼にてんこ盛りのめしをガツガツ食いながら「どうぞ、どうぞ」。

そんな粗末なめしを、きたない丼で食べたことのない公卿は一口だけ食べて箸を置く。

「そんなにちょっとしか食べないのか。これがいわゆる猫の食い残しですかな」

なんとまあ下品で礼儀知らずの野蛮人であろうか、という評判になってしまうわけである。義仲としては善意で食事をすすめただけなのに。

京での義仲は、不人気になるばかりであった。将軍とはいうものの、何をすればいいのかわからない。

行家も、ヘソを曲げて敵にまわってしまっており、その知恵が借りられない。

後白河法皇は早々に義仲を見限り、裏で鎌倉の頼朝と結ぼうとしているらしい。平家を討ってくれと言った張本人は自分なのに、そこがそれ、政治家である。

そして、政治家と言えば、頼朝はいっこうに京へは上ってこないのであった。まるで、他派閥が自然消滅するのを待っているかのように。

そうこうしているうちに、法皇は義仲を京から追い出そうとしている、という話が広がっていく。となれば、多くの周辺の武士たちが法皇のほうへなびいていく。

義仲は怒った。助けてくれというから来て助けてやったのに、それは勝手がすぎるだろう、と思った。

そこで、法皇に対してクーデターを決行した。法住寺殿へ攻め込んで焼き打ちし、敵の首六百三十をとった。さすがに法皇は殺さず幽閉しただけだが、これでは平家よりもっと悪党ではないか、ということになってしまったのである。

悪党になるために木曾から都へ出てきたわけではないのに。

五

頼朝は、義仲を討つことにした。もともと、そんな田舎者、利用するだけのつもりだったのだ。これ以上のさばられては源氏の評判をおとすだけだから、討つ。

そこで、弟の源範頼《のりより》と、義経を大将軍として、義仲討伐の軍を出した。

義経は宇治川を渡って京に攻め入る。これに対して義仲軍も少しは抵抗するが、たちまちにして敗れる。義経は手早く法皇を手中に収めたのだ。義仲軍は賊軍ということになってしまう。

後の歴史を知っている人には、皮肉な戦いである。今、義仲を討伐している義経が、やがては、義仲と同様に頼朝に捨てられ、討たれてしまう運命にあるのだから。頼朝とは、そういうところで、怜悧《れいり》な、天才的な政治家であったのかもしれない。

しかしそれは余談。

義仲は、敗走した。昨年信濃を出発した時には五万の大軍を率いていたのに、今はたった七騎で逃げる。その七騎の中に、武者姿をした巴の姿が混じっていた。

義仲としては、逃げながらこう思ったに違いない。

なんで、おれはこんなふうに逃げなきゃいかんのだろ。

都の平家を討ってくれ、と言われて、そうしただけなのに。

なんでおれを討とうとするのが、頼朝公の弟たちなのだろう。

いとこ同士で、力を合わせて源氏を再興させようと約束した仲なのに。

わからん。

おれにはむずかしすぎる。

きっと何か、おれにはわからん理由があるんだろうなあ。

戦の中で、知恵係の覚明とははぐれてしまっていた。今の義仲には、世の中のことはさっぱりわからず、ただ逃げ落ちていくことしかできなかった。

多少、兵が増えたり、また小ぜりあいで減ったりしつつ、義仲は、はぐれてしまった今井四郎兼平と合流したいあまりに、大津《おおつ》の勢田へ来る。その打出の浜で、大男は幼い頃からの親友に再会する。互いに、一町も離れていたところから相手の姿を認め、馬を走らせて駆け寄ったという。

「もう死ぬかと思ったが、ただただお前に会いたいためにここまで逃れてきたぞ」

「殿。私も同じです。討ち死にしようかとも思いましたけど、もう一度殿に会いたくて」

「うん。おれたち、仲よしだもんなあ」

そして義仲は、最後の戦いをしようとする。

だがその前に、妻の巴に言った。

「お前は女だ。逃げるのがよい」

「そんなのやです」

「いや、女が戦で死ぬことはない。それに、おれとしても、死ぬ時にまで女の力を借りて、道連れにしたと言われるのはいやだ。だから逃げよ」

ついに巴は納得して、ただし、「最後のいくさしてみせ奉らん」と言い、折しも打ちかかってきた敵兵の首を脇にかかえ、悲しさのあまり、その首をねじ切ってから去っていったという。

夫と別れる悲しさのため、人間の首をねじ切った女性は史上この巴だけであろう。

そしてついに、義仲と兼平はただ二騎になってしまい、逃げ落ちていく。

「なあ兼平。おれ、なんか悪いことしたんだろうか。頼まれて、みんなの平和のために働いたつもりだったけんどなあ」

「殿は悪くありません。優しい気持で働いただけです」

「うん」

「しかし、周りが悪かったのです。都なんてところは、悪党ばかりが集まって、インチキや裏切りばっかりしてるところだったんです。それが政治だと称して。殿にはそういうきたない世界が合わなかったのです」

義仲は、嬉しそうに大きくうなずいた。そして、やや疲れた声を出してこう言った。

「いつもは何とも思わぬ鎧が、今日は重く感じられるわい」

「ここが潮時でしょうか。私が追手をふせいでいますから、あの、粟津の松原というところへ入って、自害なさいますか」

「おれ、お前といっしょに死にたいのやが」

「でも、つまらぬ雑兵《ぞうひょう》に討たれては名がすたりますから、松原の中で自害したほうがいいんです。敵は私がここで防ぎます」

言われて、そうかと義仲は馬を進めていく。

ところが、薄氷の張った田んぼへ馬を入れたところ、その下がひどくぬかるんでいて、馬が背まで泥の中に埋まってしまい動けなくなってしまった。

木曾駒の小ささが、ここでたたったのだ。

もたもたしているところへ、敵の三浦為久なる男が襲いかかり、義仲の首を取った。

その男の勝ち名のりをきいた今井兼平はこう言った。

「もう、戦をする理由もなくなったわい。日本一の自害の手本を見せてやるぞ」

そして、太刀の先を口に含み、馬からさかさにとび落ち、体を貫いて死んだ。

それが、木曾の鬼将軍の最期である。

その八年ばかり後に、源頼朝は征夷大将軍の座につき、鎌倉幕府を開くことになる。

三劫無《さんこうむ》勝負《しょうぶ》

もう、かなり昔のことになってしまいました。天正《てんしょう》十年といいますから、私がまだ二十五歳の時でございます。

そう、天正十年と申せば、織田信長《おだのぶなが》様が明智光秀《あけちみつひで》の謀反《むほん》により非業《ひごう》にお倒れになったあの本能寺《ほんのうじ》の変の年でございます。天下をその手中に収められることを目前となされていた信長様が、一夜にしてこの世からかき消えるというおそろしい変事《へんじ》でございました。

私はそれより前から、信長様にはお目通りをいただき、しばしば碁《ご》のお相手をつとめたりしておりました。あれは確か、信長様が右大臣の位にお就きになられた年のことであったと思いますが、安土《あづち》のお城へ召されたのが最初の出会いでございました。

信長様は碁がお好きであったのです。そして、私のことを世の噂からお知りになったものと思われます。

京の寂光寺《じゃっこうじ》に日海《にっかい》という碁の強い僧がいるらしい。どれほどの者か確かめたいから一度呼べ。ということだったのでございましょう。

その頃私はまだ十代の若さであり、天下に名を轟《とどろ》かす織田公のお召しとは畏《おそ》れ多いことと、身の縮《ちぢ》むような思いがしたものでございます。

しかし、碁という、万人に分けへだてのない勝負を介してしまえば、相手がどなたであろうとも身分の違いを越えてすぐに気心の知れる仲となるのでございます。私は心のこわばりをすぐに解き、持てる技倆《ぎりよう》のすべてをお見せすべく碁に打ちこんだのでした。

信長様は、私に対して五子《ごし》の手合いでございました。そして、三度続けて私が信長様をお負かしした時、声高らかにこうおおせられました。

「さしもの者がいるものぞ。名人なり」

今、私は幕府の碁所《ごどころ》の地位にあり、名人の位を身に受けておるのでございますが、その、名人の位のいわれはこの時の信長様のお言葉によるものでございます。

このようにして、私は碁というもののおかげで信長様に大層可愛がっていただいたのです。天正六年のことでしたか、信長様が朝廷より正二位《しようにい》に叙《じよ》せられた時には、祝賀の宴が盛大に行なわれ、そこでお祝いの対局をお見せいたしたこともございます。その相手はもちろんのこと信長様ではございませんのですが。

信長様は私のことを、日海、とお呼びになることもございましたが、多くは、本因坊《ほんいんぼう》、とお呼びになりました。もともと、日蓮宗寂光寺の僧である私のことを、住まう坊の名でお呼びになったのです。

「本因坊、この手はないか」

局後に、そのようにおっしゃって黒石を置かれたりなさいます。それは妙手《みようしゆ》でありますとか、その手はこう受けられてよくございませぬ、などと申し上げると、いつも大きく首肯《しゅこう》なさいました。

「なるほど、その通りである。そこまで読めておるものか」

「まず、そこまでは」

「強いとは、底が知れぬものであるな」

そのようなことをおっしゃられたりいたしました。

信長様の碁風は、堅実でございました。むやみと戦いをしかけたりはなさらず、まず、自陣の態勢をじっくりと整えられるのです。そうしておいてから、大いに相手の急所に襲いかかるというふうでございました。

世には、信長様は気短かなお方《かた》であるというような風評もございますが、碁をなさる様子は決してそのようではございませんでした。気短かどころか、必要な局面ではじっくりと長考《ちょうこう》もなさいます。そして、攻められることに強く、よく持ちこたえられるのでした。

ただ、さすがは、と思い出しますのは、勝負についての勘が驚くほど鋭うございました。

相手の打った一石を見て、すぐさまその意味するところをお悟りになる、というふうだったのでございます。局後の検討の時なども、私が、ここはこの手が、と申しあげて一石置くだけで、ああ、なるほど、とお悟りになるのでした。そのような鋭い勘を持ちながら、まずは自陣を整えてそれから敵に襲いかかるというあたりに、信長様のすごさ、というものが出ていたように今となっては思われるのでございます。

さて、お話を天正十年のあの日のことに戻さねばなりません。

天正十年六月一日。その前日に、信長様は安土城から京の本能寺へお入りになったのでございます。

私ごとき者にその理由などわかるべくもございませんが、中国へ、毛利との決戦に向かわれるべく、出発なされようとしていたものと伝えられております。その頃、羽柴秀吉《はしばひでよし》様が中国での戦の任に当たっておられたのでございますが、その援軍にお出かけになる前、数日本能寺にお寄りになるということだったのでございましょう。

その六月一日には、京のお公家《くげ》様が大勢本能寺をお訪ねになり、信長様の上洛《じょうらく》をお祝いなされたそうでございます。そして、茶会がひらかれたのでございます。安土城から運んだ秘蔵の名物《めいぶつ》茶器三十八種を披露《ひろう》されるのがその目的であったとうかがっております。

茶会のあとは酒席となりました。そしてその酒席に、私が呼び出されていたのでございます。碁をお見せするためでございました。

その日、私の相手をいたしましたのは、鹿塩《かじおり》利賢《けん》という、私が何度も対戦したことのある名だたる碁上手でございました。私と同じく本来は日蓮宗の僧で、私より歳《とし》は六つほど下でございます。後には利玄《げん》とも称した者で、そう、皆様よくご存じの話をいたしますならば、今、徳川様の御世《みよ》に我々碁打ちの四家が家元として扶持《ふち》をいただいておりますが、その四家のうちの林家の第一世、林門入斎《もんにゆうさい》の碁の師がこの鹿塩利賢でございます。

その利賢と私とが、信長様ほか、お公家衆やお家来衆の酒席のなぐさめに、早碁を打ったのでございました。

あの夜の信長様のご様子を思い出すにつけても、常にましてことのほか上機嫌《じようきげん》でいらっしゃいました。思うにあの時期は、武田勢のことがようやく片づき、徳川様が戦勝のご報告に安土城をお訪ねになってすぐの頃でございました。そして自《みずか》らが中国へ赴《おもむ》けば、毛利のこともやがて片がつくであろうと思われました。そういう、いよいよ天下が手中に収まる寸前の時であったのです。上機嫌であることが当然でございましょう。

「見られよ、名人の打つ石の幻妙なることを」

そのように大きな声を出されて、心ゆくまで私どもの碁をお楽しみになったのでございます。

勝ち負けを競《きそ》うというより、勝負の綾《あや》をお見せするのが目的の早碁でございました。それぞれ技倆をつくしつつも、一勝負は早く結着がつきます。

「本因坊、この石の意味は」

信長様は勝負が終るたびに、そのようなことをお尋ねになりました。私がお答えすると、そうか、とおおせられて機嫌よくお笑いになるのでございます。

「もう一番打て」

お言葉に従い、もう一番打ちます。

「碁は戦略に似たるものぞよ」

信長様はお家来衆にそのようなことを申されました。

「機をのがせば裏をかかれ、ゆるめればたちまちつけこまれるでな」

お家来衆やお客のお公家衆はなるほどもっともなこととうなずかれておりました。

しかしながら、そのように申される信長様が、その夜に限ってご警戒をすっかりゆるめておられたのはどういう次第なのでございましょうか。お公家様をお招きしての茶会に、警固《けいご》の馬廻り衆など配するのもやかましい、とのお考えだったのでございましょうか。その夜はまことに、警固の者が手薄だったのでございます。

「利賢、その方と本因坊との差はどれほどであるかや」

信長様がそのようなことをお尋ねになりました。私のほうが鹿塩利賢にやや優るというところだったのでございます。

「手合は同事《どうじ》なれど、およそ半石の差でございましょうか」

「本因坊、まことか」

「半石もの差はございませぬが、それより細《こま》かな差はつけられませせぬゆえ、まずはそれとすべきでしょうか」

「よし。もう一番打て」

こうして、夜の更《ふ》けるのも忘れて三番目の勝負となったわけでございます。それまでの二番は、私が先《せん》で勝ち、後手で持碁《じご》（引き分け）となっておりました。

私も利賢も、巧緻《こうち》をつくして慎重に布石《ふせき》を進めてまいります。息づまるような熱戦、と申しあげてよいでしょう。

「見事なるぞよ」

信長様が感嘆の声をおもらしになるような場面もございました。

ところが、勝負が後半にさしかかった時、珍しいことが起こったのでございます。

盤上には黒白の石が並んでおりました。そして、劫《こう》がふたつ、できていたのでございます。

多少なりとも碁をご存じの方であれば、劫はご案内でありましょう。我が取られたる石のところへもう一度打てば、敵の石が取れるという、キリのつかぬ形でございます。双方が取ったり取られたりを繰り返せば、文字通り永劫《えいごう》に勝負はつかぬゆえ、一手別のところへ打ってからでなければ取り返す手は打ってならぬという決まりになっております。いわゆる劫だてを打つ必要があり、これが碁をひときわ面白いものにしているわけでございます。

その劫が、二ヵ所にできておりました。どちらも、大石の死活がかかった、双方ともどうしても負けられぬ大きな劫であり、懸命のかけひきのうちに勝負が進んでいったのでございます。

そして、劫だてを打ち合ううち、もう一ヵ所にまたしても劫ができてしまったのでございます。

「これは珍しや」

大きな声で信長様がおおせになりました。一局の碁に、劫が三つできたのでございます。

私も数限りないほどに碁を打っておりますが、そのようなことはその時一度きりのことです。

「三劫か」

「左様でございます」

「珍しいことだ」

一堂の皆様方も声をあげて珍しがられておりました。

「どうなる」

信長様は私にお尋ねになりました。

「勝負なし、ということにするほかないと存じます」

「無勝負か」

「左様でございます」

「そうであろうな」

劫が三つあっては、勝負が先に進まないのでございます。

つまり、そもそも劫が、同じ形の反復になってキリのないものであるため、劫だてを打たねばならぬ決まりとなっております。一度違うところへ打ってからでなければ、劫の場所へは打てぬわけです。

しかしながら劫が三つあれば、劫だてとして第二の劫のところへと打てる道理です。そして第二の劫の劫だてに、第三の劫を取る。第三の劫の劫だてに、第一の劫を取る。そのように打ちまわしておれば、決まりに反することなく、どこまでも同じことを繰り返すことになるわけでございます。それが不利にならぬための最善の手である以上、双方ともそのように打たざるを得ません。将棋でいうところの千日手《せんにちて》と同じようなものでございます。

「三劫を見るのは初めてである」

と、信長様はおおせられました。

「私も、三劫の碁を打つのは初めてでございます」

「うむ。本因坊にして初めての体験か」

信長様は嬉しそうにお笑いになりました。珍しいものをお好みになるご性格でいらしたのです。

しかし私はその時ふと、尋常《じんじよう》ならざる碁をお見せしてしまったことに、わけのない不安を覚えたものでございました。人知を越えた勝負の綾、という、天の意志のようなものをお見せしてしまったような気がしたのでございます。

「面白いことである」

しかし信長様は何も気になさる様子ではなく、いつにもまして上機嫌でそのようにおおせられました。

「両名とも、ご苦労であった。碁の見物はここまでにしておこう」

信長様がそうおおせられ、私どもは役目を終えたのでございます。刻限は子《ね》の刻（午前零時）近くになっておりました。

ご褒美《ほうび》の品をいただき、私と鹿塩利賢は本能寺をおいとまいたしました。お客様のお公家衆も、同じくおいとまをなさり、それぞれ屋敷へとお戻りになられたよしにございます。

寂光寺の本因坊へ帰りつきましたのは半刻もたってからでございました。さて役目を無事に果たし、安らかに寝んとするのでございますが、初めての三劫無勝負のことが気にかかり、なかなかに寝つけないのでございます。

それにしても珍しきことよ、という思いがわきあがり、その碁の一手一手がくっきりと脳裏に浮かびあがってくるのです。はたしてあの三劫は、何事か怪しい事柄の前ぶれではあるまいか、というようなわけのない不安すらわきおこってまいるのでございます。

その時の、その不安のことを思うと我ながら不思議な気がいたします。碁とは、一石一石、白黒双方が石を打って進められる勝負事、碁打ちは石の働きのこと以外に頭脳をわずらわせることはございません。いわば、理に合わぬことを空想し、いたずらに怯《おび》えるなどというのは碁打ちの考えることではないのでございます。怪しの気配などということを思うことがそも、おかしなことでございました。

そのようになかなか寝つけぬまま床《とこ》についていたのですが、それでもやがてうとうとと軽い眠りにつきかけた、まさにその時でございました。京の街に夜分とも思えぬ騒ぎの音が伝わり、はっと目を覚ましたのでございます。夜が薄っすらと明けかかる刻限でございました。

本能寺の方角が、何やら騒がしい、のでございます。私は思わず雨戸を開け、その方角の空に目をやったのでした。

明智光秀の謀反が、ちょうどその時にあったのでございます。信長様は光秀に襲われ、炎上する本能寺の中でご切腹なされたのでございます。

——下天《げてん》のうちをくらぶれば
　夢まぼろしの如くなり

信長様がお好みになった敦盛《あつもり》のひとふしであるとうかがっております。まことに夢まぼろしの如く、今一歩で天下人たらんお方が一夜にしてお亡くなりになったのでございます。

いや、私のようなものがそれからどうなったかに、かかわっているはずもございません。

ただひたすらに、ゆうべあのように上機嫌でお楽しみになっていたお方が、いたましや、と思うばかりでございました。

老人の、昔話でございます。

私は、京を明智光秀が治めております時に、やむにやまれぬ心情から信長様の法要を行いました。光秀の耳に入ればあるいは殺されるかもしれぬとの不安もございましたが、どうしてもそうせずにはいられなかったのでございます。幸い、そのことがもれて罰を受けることはなくすんだのでございますが。

「本因坊、ここはこうか」

私の耳には、今もそのような、信長様のやや高い声が響いてくるような気がいたします。

あのお方こそは、盤上の碁ではなく、天下を碁盤となされた壮大な碁をお打ちになっていらっしゃったのではないかという気すら、するのでございます。

そして、ほとんどそれに勝つところまで行っておられながら、三劫ができて無勝負になってしまわれた。そんな思いがわくのをおさえることができないのでございます。

私のことなどは、どうでもよいことでございますが、幸いなことに天下人たる三人の英傑のすべてに可愛がっていただけました。

関白《かんぱく》秀吉様には、本因坊こそ碁の第一人者なりと朱印状をいただき、扶持《ふち》をたまわることとなりました。

そのまた後、徳川の御世になってからは将軍家康《いえやす》様の寵《ちょう》を得、扶持をたまわることともなりました。

かくして、私は碁の家元のひとつ、本因坊家の第一世、本因坊算砂《さんさ》というものになり、碁所の役につくまでになったのでございます。三百石の禄《ろく》をたまわり、登城の際には緋《ひ》の衣をまとい、袋入長柄《ながえ》の傘を使うことまでを許された大層な厚遇《こうぐう》を受けるに至ったのでございます。

しかし、このような幸せを得るに至ったというのも、すべてはあの信長様の碁好きから始まったことであるという気がしてならないのでございます。まことにあの信長様こそ、私の、いや私のみならずこの国の碁というものの、育ての親であったような気がするのでございます。

なお、本能寺の変の前夜の碁のことがあって以来、碁の世界では、三劫のできるのは凶《きょう》兆《ちょう》なり、という言い伝えができているのでございます。幸いなことに、あれ以来三劫のできた碁が打たれたという話は耳にしていないのでございますが。

天正鉄仮面《てんしょうてつかめん》

一

その囚人《しゅうじん》は、鉄製の仮面をつけられていた。仮面の顎《あご》の部分にはバネが取りつけてあり、面をつけたまま食事ができるようになっていた。

正体不明の囚人は、もし素顔をさらしたら殺されることになっていた。口をきくことも禁じられていた。

それでいながら囚人は、獄の中で極めて丁重に扱われていた。食事は銀の皿で出され、ひとと顔を合わさぬように散歩もゆるされ、極上の肌着を与えられ、ギターを弾くこともできた。司令官たちでさえ、この囚人の前では着席しなかった。

囚人は健康な体つきをした、まだ三十代とおぼしき男性であり、自分の運命を呪《のろ》うことも、獄生活をなげくこともなく、静かに生きた。五年あまりの獄生活の間に、いくつかの監獄へ移されたが、常にひとりの司令官がつき従っていた。

最後の獄は、バスティーユであった。仮面の囚人はそこの、ペルトディィエ塔に収監された。

囚人は病気にかかり、死んだ。遺体は新しい白布にくるまれて埋められ、部屋の中のものはすべて、衣類もマットレスもベッドもテーブルも燃やされた。灰と燃えがらは便所に投じられ、その他の銀・銅・錫《すず》製品は溶かされた。囚人の部屋の壁は石材の芯が露出するまでけずられたあと、白く塗り直された。

そして、埋葬された遺体の顔はつぶしてあった。

鉄仮面の囚人は、死してなお、顔も名前も持たなかった。素姓を隠し通すために、最大限の努力が払われたのだ。

囚人が死んだのは、一七〇三年、十一月十九日だった。太陽王とうたわれたルイ十四世の統治するフランスでのことである。

囚人の正体は永久に謎のままだが、この不思議な囚人の噂は広く伝えられ、鉄仮面の伝説として残った。

だが、それより百余年前、本朝にも鉄の仮面をつけた謎の囚人がいたのだが、今、それを知る人は少ない。

「一体どこまでやりやがるのか、とんと見当がつかねえというものだぜ」

悪党が、あきれたようにそう呟《つぶや》いた。

天正十九年（一五九一年）の春のことである。呟いて無精髭をなでた顔のでかい中年男は、悪党も悪党、泣く子もその名をきけば怯《おび》えて泣きやむほどの大悪党であった。

盗賊の親玉である。

ただし、この悪党はか弱い庶民の家に盗みに入ることはなかった。入るのは、武将や公家の屋敷に限られており、女子供は殺さず、それ以外の者もできる限り殺すことなく仕事をした。声をかければすぐに二十名ばかりの手下が集まるのだが、普段は手下は手下でおのおの仕事をし、大仕事でなければこの悪党が動くことはなかった。

だが、手下たちの盗み仕事も、世間には彼の仕事として語り伝えられる。その結果、神出鬼没の大盗賊として名ばかりが広がっていくのだった。

石川五右衛門《いしかわごえもん》が、この悪党の名である。

「誰の話をしているんです」

手下のひとり、関悪鬼坊《せきのあくきぼう》がそう尋ねた。

「天下を我が物にしたようなつもりで、意にそまぬ者はかつての師でも殺すという底なしの悪党のことよ」

「殺されたというのは、ひょっとして千利休……」

「そうよ。殺したのは関白太政大臣様《だじょうだいじん》」

その年の二月二十八日、千利休は関白秀吉に罰せられたのを機に、切腹していた。

「関白を悪党だと言うんですかい」

「悪党だろうぜ。天正十年の本能寺の変以来、奴が権勢を手に入れるためにしてきたことは、とても余人には真似のできねえ悪事ばかりじゃねえか。織田様の仇を討つために明智光秀を討ったのはまだわかるものの、かつての上役柴田《しばた》勝家《かついえ》を賤《しず》ケ岳《たけ》に滅ぼしたのは強欲からのこととしか言えまい。そして、東の徳川を力でおさえきれねえと見れば、妹を嫁《とつ》がせ、母を人質に出すというなりふりかまわぬ策に出る。天下を取るためにはそこまできたねえやり方をするか、ってところよ」

「そうしておいて、金の茶室で人を驚かすという見えすいたこけおどし」

「そういうことよ。大悪党でなきゃそこまではやれめえ」

「出が賤《いや》しいからですかね」

「まあ、そうだろうな。おれにはどうもあの、きたねえやり方が気に入らねえのだ」

もちろんのこと、石川五右衛門も最下層の出である。だからこそ、彼は時の権力者である関白秀吉に対して、面白からぬ感情を抱いていた。

二

その五右衛門の耳に、少しばかり奇妙な話が飛びこんできたのは、四月になったばかりの頃であった。

手下、と言っても自分で勝手に裁量して仕事をすることもある、五右衛門組の一人、と言うべき小頭だが、その桑名《くわな》甚右衛門《じんえもん》が気になる情報を持ち込んだのである。

「大物の屋敷に押し入ったんだ。もちろんその主人が留守で、警護が手薄なところを狙ったんだが」

「大物とは、誰のことだい」

「もと丹後国主で、今は入道した身ながら、山城国に居を構えて風流人として世を渡る大した大物でさ」

「入道か。なるほど大物だ。もともとは足利氏に仕える身でありながら、足利義昭と信長を結びつけたあとは信長につき、信長が殺されると光秀の誘いを断って秀吉についたという、世渡り名人だな。歌よみとしても、当代随一という風流人」

その人物の名は、細川幽斎《ゆうさい》（藤孝《ふじたか》）である。丹後国主細川忠興《ただおき》の父で、この年五十六歳。

「だが、細川幽斎の山城の館《やかた》に盗賊が入ったという話はきいてないぜ」

「世間の風評を気にして、入られたことを秘密にしているわけでしょう。盗られたものも大したことはねえんだから、騒ぎ立てて不用心な屋敷だと噂されるほうが武将として恥になるってところで」

「なるほど。盗賊に入られたというんじゃ風流人の名に傷がつくってところか」

「実際のところ、拍子抜けするほど身入りは少なかったんでさ。腹が立ってくるぐらいのもんで」

「入る屋敷に宝があるかどうかは、前もって調べておくものよ」

親玉らしく五右衛門がそんな意見をし、甚右衛門は面目ねえと頭をかいた。

「そんなわけで、つまんねえ首尾になっちまったんだが、ひとつだけ妙なものを盗み出したんで」

「妙なもの、とは」

「屋敷の奥の間に、さも大切そうに鍵のかかる手文庫があったんで、せめて何か金めのものでも入ってやしねえかと、かっさらってきたんですがね」

「うん。手文庫か」

「ところが、そいつを叩き割ってみたところ、金もお宝も入っていやしねえ。入っていたのは書きつけが一通だけ」

「そこに、埋蔵金の地図でも描いてあったのか」

「そんなら面白えが、そうじゃねえんで。ただ意味のよくわからねえことが書かれた書状で、実は今ここに持ってきたんでさ」

そう言って、甚右衛門は懐《ふところ》からその書状を出し、五右衛門に渡した。五右衛門はそれを広げて、いぶかしげに読み進んで、首をひねった。

「読めねえ字もあるんだが、一応意味はわかるな」

「さすがで」

「ところが、言葉の意味はわかっても、全体で何を伝えようとしているのかが皆目摑めねえ。わかるのは、どうしても守らなきゃいけねえ秘密があるらしいってことだけだ」

「臭《にお》うでしょう」

「うん。何かが臭う。要するに、ここだな」

五右衛門は紙の中央あたりに指をあてた。

「大坂城御納戸館《おおさかおなんどやかた》の奥の格子の間、と読んでよかろう。そこでの、鉄のことは、堅く秘密とし、何人にもらすことも許されぬ、だ。万一、この秘密をもらす者、もしくは、もらすおそれのある者は、必ず殺し、また、秘密の一部といえども耳にしたおそれのある者も、すぐさま殺すべし。とんでもねえ用心ぶりだぜ」

「格子の間とは、牢のことじゃないですかね」

「かもしれねえ。大坂城内に、そういう秘密の牢があるわけだ」

「しかし、鉄のこと、ってのがわからねえでしょう。牢に鉄を入れてあるってのも妙だ」

「事実を隠した書き方なんだろうな。鉄、というのは秘密の符丁だよ。そこに入っている誰かのことを、鉄と呼んでいる」

「そしてその囚人のことは、ちょっとでももれそうになったら関係者全員を殺せというほどの……」

「そうだ。それほどの秘密だってことだ。そういう秘密に、幽斎はからんでいる」

「つまり、細川家の秘密ってわけじゃねえ」

「そういうことさ。幽斎は便利な男だからな。それでこのことにからんでいる。だが、この秘密の大本は、細川じゃなくて、秀吉ってことになる」

「なりますか」

「なるさ。大坂城内の秘密の牢なんだからな」

そう言って五右衛門は腕組みをした。彼の目玉は大きくひきむかれ、ギラギラ輝いていた。

「面白そうだぜ。ひとつ、本気になって調べてみるか」

三

「もしかしたら関係ねえのかもしれねえんですが、気になる情報を摑みましたぜ」

と言ってきたのは、関悪鬼坊だった。

「どういう話だ」

「人が死んでいます」

「うむ」

「駕籠かき人足が四人ですが」

「武家《ぶけ》の奉公人じゃないんだな」

「そうではなくて、むしろ、おれたちに近い立場の人間です。駕籠かきではあるが、時には追剝をやったりというような」

「なるほど。それで、噂も耳に入りやすいわけか」

「そういうことです。この四人が、今から六年前に、ちょいとした雇われ仕事をしたあと、四人揃って死んでるんですよ。つまりまあ、殺されたんでしょう」

「六年前か。仕事の内容はわかっているのか」

「駕籠で人を運ぶ仕事だということはわかってます。仕事の前に仲間にそういうことを口走っているから」

「なるほど」

「で、雇い主は細川家だったようで」

「確かか」

「奴らはそう言っていたそうです」

「うん。関係ありそうだな」

五右衛門は鼻毛を引っこ抜いて顔をしかめた。

「どうやら、囚人を運んだらしいんです」

「どこから、どこへ、というのはわかっているのか」

「それも、仲間の中にきいているのがいて、大垣から大坂城へ、ということらしい」

「大坂城か。つながるな」

「それ以上のことはわからねえんですがね。誰を運んだのかとか、何のために運んだのかということはわからねえ」

「だが、細川家がからんでいそうだというんだろう。そして、囚人を運んだということもわかっているわけだ」

「どんな囚人なのかは伝わってねえんですが」

「顔を隠していたのかもしれねえな。いずれにしても、世の中の裏に通じているおれたちでさえ、それは今初めて知る話だ。秘密は厳重に守られているってことになる」

「口封じのために殺されたんでしょう」

「もちろんそういうことだ。……臭うな。その運んだ囚人には、鉄にまつわる名がついちゃいねえのかい。鉄山とか、鉄崎とか。下が鉄太郎とか鉄左衛門とか」

「そこまでのことはわかりません。身入りのいい仕事だと喜んでいた、なんてことぐらいしか」

「整理しよう」

五右衛門は頭のいい男である。だからこそ、盗賊たちの頭になれているのだ。

「六年前と言えば、天正十三年か。そいつは確か、大坂城の本丸ができた年だな」

「なるほど。城ができたんで、早速その囚人を運び入れたというわけですね」

「うん。大坂城はもともと石山本願寺だったところだ。秀吉がそこの改築を始めたのは、賤ケ岳の戦に勝って一段落した天正十一年。そして、十三年にできたばかりの本丸御殿の中の、御納戸館に謎の囚人を移した」

「そうでしょう」

「囚人がそれまでいたところは、大垣城内だったんだろうな」

「そうなりますか」

「大坂城ができればまず一番にそこへ移すというほど重要な囚人だぜ。それを、それまで置いておくのは、ある程度の城でもなければ辻つまが合うめえ。確かその頃、秀吉は大垣城へ何度も立ち寄っている」

「そういう囚人の移送を、細川家が命じられたわけですね」

「便利屋幽斎ならではの仕事よ。幽斎ならば口が堅く、しかも仕事にそつがねえ。秘密の任務を託すにはうってつけの男だ。そして細川家は、駕籠かき人足を、あえて土民のようなものの中から雇い入れた」

「あとで殺すつもりだったんですね」

「そういうことだろう。つまり、それほどまでにして守らなきゃならない秘密だったということになる」

五右衛門は腕を組んで考えた。このところその秘密に夢中になっていて、盗賊仕事もおろそかになっているのである。

「大坂城に移してからでさえ、もう六年も秘密は守られている。こいつはどえらいことだぜ」

「もしおれたちがその秘密を摑めば、秀吉の天下がぐらつくかもしれねえという……」

「うむ。そこまでの話になるかもしれねえな。もう少し調べてみようぜ」

ここで手を引く気になれるものではなかった。五右衛門は、時の最高権力者秀吉の弱みを握る、という話に生きがいをすら感じ始めているのだ。

四

山城の細川幽斎の屋敷に、五右衛門の手の者が再度盗みに入った。ほかに何か手がかりとなる品物はないか、というところである。

しかし、一度盗賊に入られたその館は、それにこりて厳重な警備をするようになっていた。屈強《くっきょう》の兵に妨害され、何ひとつ盗み出せず、手下のうち二人までが大怪我をするというさんざんな始末であった。

「さすがは幽斎、同じ失敗を二度繰り返すバカではないというところか」

五右衛門は失望した様子もなくそう言った。

「感心していちゃ始まりませんぜ。その屋敷から手がかりが得られねえとなると、さて次にどうしたものか頭に考えてもらわねえと動けねえ」

そう言ったのは、五右衛門の配下の中でも最も残忍な性格をおそれられている大津弥五郎《おおつのやごろう》という大男であった。無用な殺人を嫌う五右衛門が、弥五郎を呼び出すのは、何らかの覚悟を決めた時に限られていた。

「たとえどんなに堅い秘密でも、突き崩す隙のひとつやふたつはあるものさ」

「誰かを殺しますか」

「いきなりだな。時には殺しもやむを得ねえことがあるが、目的をきちんと持ってねえとつまらねえ殺生になるだけのことだ。考えてみな、この秘密をどこから解きほぐしていけばいいのか」

「考えるのは苦手で、そいつは頭にまかせてあるんでさ」

五右衛門は苦笑した。

「秘密を守る側のつもりになってみることさ。大坂城内の、誰も知らねえ牢の中にその囚人は入れられている。そいつが、盗っ人だの人殺しだのというような並の罪人でねえことは言うまでもねえだろう。そんな者を天下一の城の中に隠すわけもねえ。どう考えても、そこでかなり丁重な扱いを受けている。つまり、決して人前には出せねえ高い身分の囚人ということになる」

「殺さねえでひたすら生かしてあるのも妙だ。それほどの秘密なら人知れずバッサリやっちまえばいいものを」

「うん。それも重要な点だな。なぜその囚人を始末しちまわねえのか、だ」

「さっぱりわからねえ」

「さて、それだけの秘密を知っている人間がどれだけいるかだ。今のところわかっているのは、その囚人の移送に細川家がからんでいるってことだが、そこで考えてみるとだ、それだけの大秘密を守るには、知ってる人間をなるべく少くするのが当然だろう」

「なるほど」

「そこで考えつくのが囚人の世話役だ。生かしておくためには、飯の世話や着るもんの世話だってしなくちゃなるめえ。そういう係の人間が、大坂城内に必ずいる」

「うん」

「その役を、誰にやらせるのがいいか、だ。知ってる人間は少ねえほうがいいんだから、これは当然細川家の家来にまわってくる役目だろうな。つまり、幽斎は囚人の移送だけではなく、城内で囚人の世話をする仕事もまかされている」

「わかった。細川家の家来で、大坂城内で何がしかの役目を与えられて働いている者をとっつかまえてしめあげれば、知ってることを吐《は》くはずだというわけですね」

「やってくれるか」

「もちろんで」

弥五郎の目が残忍に光った。

そして、それから五日目に弥五郎は、首尾を報告したのである。

「確かに秘密の囚人がいるそうですぜ。自由は与えられてねえが、食いもんや着るもんのことは何不自由なく丁重に扱われているそうで」

「いたか」

五右衛門は思わず身震いした。

「ただし、その囚人が誰かということは、世話係も知らねえそうです。誰だろうとは考えねえで、ただ世話だけをするように命じられているらしい。体中の切り傷に塩をすりこまれても白状しねえんだから、多分本当なんでしょう」

「顔に見覚えはねえのか」

「さてそいつだが、その囚人には顔がねえんだそうで」

「何だと」

「つまり、顔が隠されているんでさ。そいつの顔には、鉄で作った仮面がかぶされているんだそうで、めしを食う時でさえ仮面が外されることはねえのだとか」

「鉄か……」

五右衛門は腕組みして考えこんだ。

「そういうわけで、どんなにしめあげてもそれ以上のことはわからねえんでさ」

「その役人、できれば殺さねえではなしてやれ」

「いえ、鉄の仮面のことを吐いたあと死んじまいやがって、どうにもひ弱な奴で」

一瞬、不快そうな顔をしたが、五右衛門はすぐにもとの思考に戻った。ぽつりと、こんな呟きを口にする。

「それにしても、鉄仮面の秘密、ときたか……」

五

五右衛門は自分で動いてみることにした。

ここまで来たら、謎の渦中に飛びこんでみる手だと思えたのである。

単身で、山城にある細川幽斎の屋敷に忍びこむ。

忍者あがりの五右衛門には、そういうはなれ業《わざ》ができたのである。彼が盗人たちの頭の地位にあるのは、知力においてぬきんでていたことのほかに、そういう誰にも真似のできぬ能力を持っていたからだった。

その屋敷の、天井裏をつたって最奥の部屋にまで五右衛門は忍びこんだ。そこは、幽斎の寝所であった。

手元に明かりを引き寄せ、幽斎その人が手紙を読んでいるのが天井裏から見えた。さすがの器用人も、頭上の賊に気がつく気配はない。

五右衛門は懐から懐紙《かいし》を一枚取り出すと、天井板の隙間から落とした。

舞い落ちる紙に気がついて幽斎は、ビクンと上体をそらした。だが、刀に手を伸ばすわけではない。

「賊……」

「お騒ぎめさるな。入道様にお話ししたき儀《ぎ》があって、招きもなく勝手に参上したる者でござる」

五右衛門は声を落してそう言った。

「石川五右衛門とは、貴様か」

「ほう。当方の名がわかっておられるのか。それならば話が早い」

そう言って、天井板を外して五右衛門は幽斎の前へ降り立った。すぐさま、片膝をついて頭を下げる。

幽斎はそれでも刀には手を伸ばさなかった。

「よほどこの屋敷が気にいったとみえるな。これで三度目ではないか」

「今までの二度に、私は動いておりませぬ」

「二度の盗みは自分のしわざではないと申すか」

「確かに、石川五右衛門の所業ではございます。しかし、石川五右衛門とは近頃では、我が配下の数名の者をまとめて呼ぶ時の名となっておりまして」

「ほう。面白き仕組になっておるものだ。石川五右衛門とは組の名か」

「それも事実。そして、我が名が石川五右衛門であるというのも事実」

「つまりは、その組の頭だな。その頭が、何用あってのこのこと出てまいった」

「教えていただきたき儀がありまして」

「知ってはならぬことを、嗅《か》ぎまわっているようだな」

「お気づきでしたか」

「当家の家来が一人姿を消している。それもお前の仕業であろう」

「きっかけは、最初の盗みで謎めいた書面を手にしたことで」

「よりによって、厄介な者に秘密がもれたものよ」

老人の域に達している幽斎は、この事態に顔色ひとつ変えることなく対応した。

「興味を引かれずにはいられぬ内容」

「やめよ。あのことについては、これ以上知ろうとするな」

「そうはいきませぬ。ほじくれば、何やら面白げな話が出てきそうでござる」

「知れば……」

幽斎は声に力をこめた。

「死ぬことになるぞ」

「命知らずの盗賊に、その脅しは似合いませぬ」

「脅しではない。本当に、この上なくむごたらしい死を迎えることになるのだ。たとえ誰であろうとも、あれを知ることは許されぬ」

「六年前に大垣城から移された、鉄仮面の囚人のこと、でございますな」

幽斎の眉がピクリと動いた。

「そこまで知っただけでも、もう手遅れかもしれぬ」

「何をそれほどまでにおそれられるのか」

「あのことが公になれば、天下がひっくり返る」

「天下が……」

「左様。盗賊が首を突っこむ話ではない」

「関白様の天下にかかわる秘事、だからでございますか。だとすれば、なおもって知りたくなるというもの」

「やめよ」

「たとえば、こんな話はいかがでございましょう。関白秀吉様には、双子の弟がいた」

「双子だと」

「いかにも。若き頃の秀吉様の人並外れた働きぶりは、同じ人間が二人いたからこそできたもの。中国にあった秀吉様が、鬼神の如きす速さで山崎にとって返して本能寺の変後の光秀を討つことができたのも、自分の分身がもう一人いたからできたこと」

「らちもない……」

「しかし、天下を取ってしまえばそのようなもう一人の自分の存在は邪魔になりましょう。天下取りの美酒は一人で飲んでこそうまきもの。そこで、自分と同じ顔の弟を牢に入れた。その顔を見られては困るが故に、鉄の仮面をつけさせて……。いかがでございます」

「おとぎ話だな」

「面白いことを考えついたものよと、気に入っておりまするが」

「もう一度だけ言う。この話からは手を引くほうが身のためだ。これは、盗賊如きが知ってどうなるという話ではない。知れば、死ぬしかないのだ」

「そう言われれば、ますます知りたくなる性分です」

「バカな……」

五右衛門はニヤニヤと笑った。幽斎の忠告に、親身のものを感じたのである。この老人は、死ぬな、と言ってくれている。

なのに、そうなればいよいよ知りたく思う自分を思わず笑ってしまったのだ。

「とりあえず今日のところはこれで退散いたします。いずれまた」

「次に顔を合わす時は、私がお前を斬ることになるだろう」

戦国の世随一の風流人は、静かな口調でそう言った。

六

木食応其《もくじきおうご》という上人がいた。高野山中興の祖と言われる真言宗の名僧である。

応其のことを、秀吉が高く買い、強く信頼したからこそ、高野山は秀吉に滅ぼされずにすんだ。秀吉は応其を重用し、数多くの寺院建築をさせると同時に、政治的にも、戦の終結の調停役にするなど大いに利用した。つまり、僧であるというよりも、応其は大名並のひとつの政治勢力であった。

その木食応其を、五右衛門はよく知っていた。もとは近江出身の武将であった応其の、その若き頃の知りあいだったのだ。忍びの術のいくつかを伝授したこともあった。

五右衛門は、応其のもとを訪ね、ひとつのことを頼みこんだ。

近く、大坂城へ上がることはないか。

大仏殿の工事のことにつき、関白様のおゆるしを得るために登城する。

ではその時、おれを供の者の中に加えて、密かに入城させてはもらえぬか。

大坂城へ盗賊に入るのか。

そうではない。何も盗まぬ。ただ、こっそりと調べてみたいことがあるだけよ。

わしが関白様のお力を得て現在あるのを、知った上での頼みなのだな。

関白に敵するつもりはない。ただ、好奇心を満たすために、そこに忍び入ってみたいだけのことよ。

さすがの五右衛門も、大坂城本丸へ忍びこむとなると容易ではなかったのだ。そこは名実共に、日本一の要塞なのである。関白の敵にまわるつもりはない、というのは、ひょっとすると秀吉の天下がひっくり返るかもしれないと期待している本心に照らして、正直なところではないが、その程度の嘘はやむを得まい。この秘密を知れば、本当に秀吉の権勢を脅かすことになるのかどうかは、まだよくわからぬことなのである。

入城させるだけでよいのか。

城内に入ってしまえば、あとは一人で動く。そこから出ることは、入るよりはずっと易しかろう。

では、あとのことは知らぬぞ。

それで結構。

こうして、五右衛門は大坂城内に忍び入った。

桜馬場を通り抜けて桜門をくぐり、次に平唐門をくぐって表向御殿の前を過ぎる。そこで堀を渡って矢倉門を過ぎたあたりからが本丸の中心部だ。遠侍の館を過ぎて広間の館へ入ったところで、応其の供の中から五右衛門の姿が消えた。そこまで潜入してしまえば、あとはどのようにでも身を隠せるというものである。小書院を抜け、焼火の間をかすめて五右衛門は御納戸館に忍び込んだ。

思った通り、そこには秘密の匂いが漂っていた。

無用の者が立ち入るのを許さぬとばかりに、大板戸に閂がかけられていたのである。そして、見張り役の侍が二人、奥に通じる廊下に立っていた。おそらく細川家の家来であろう。

昼間でも陽のさしこまぬ、大坂城内の奥の奥である。天守のすぐ下あたりになる。

五右衛門は、廊下の天井を逆さにつたい進んだ。頭上に賊がいようとは、見張りも思わぬ。

そして、次なる板戸の中に進んだ。

中は、板の間。昼なのに明りがともしてある。

部屋いっぱいに、すえた匂いがたちこめていた。まるで歳月を密封してあるかのような匂い。

部屋の奥半分が、格子で囲まれた座敷牢になっていた。牢の中だけに、畳が敷かれている。これこそが、格子の間。

牢の中に、人の姿があった。黒無地の羽織姿のその囚人が、座布団の上にむこう向きに端座していた。

囚人の頭部は、黒光りする鉄の仮面に包まれていた。

五右衛門は板床の上に降り立った。

気配を察し、囚人が振り返った。

目の位置に不気味な穴をうがった仮面が、五右衛門を見つめた。

七

「囚人殿。酔狂《すいきよう》な盗賊が、あなた様の正体を知らんがために忍び入ってまいったとおぼせよ」

鉄の仮面に表情はなかった。

目と鼻の部分に小穴をうがち、口のあたりは下にずらせるようになっているその仮面は、あたかも黒い髑髏のようであった。

その仮面が、太い格子越しに真正面から五右衛門を見すえている。

「何故に、あなた様はかくなる秘密の獄に入れられなければならぬのか。また、何故に、そのような仮面をつけられ、顔を隠されねばならぬのか。何故に、このことは絶対の秘密として守り抜かれるのか。それを暴かんがために参上つかまつりました」

鉄仮面は、声を発さなかった。

五右衛門は格子の戸につけられている錠を外しにかかった。忍び道具の針金でしばらくガチャガチャやっていたかと見るや、やがて大きな錠がカチリと音を発して外れた。

格子の中に入った。そこであらためて、囚人の前に片膝をついて頭を下げた。

「石川五右衛門と申します。関白太政大臣に面白からぬ気分を抱く者とご承知下され」

囚人は、座したまま微動だにしなかった。

「あなた様の正体をお明し下さいませ。お名前を」

囚人が、やっと動いた。右手を仮面の口元あたりに持っていき、何事かしぐさをする。

五右衛門は眉間に皺を寄せた。しぐさの意味を悟ったのだ。

「舌を抜かれておられるのか。秘密を守るため、そこまでするとは」

鉄仮面は、言葉を失っていたのだ。

「その仮面を、外したてまつる」

そう言うと、五右衛門は囚人の背後にまわった。見れば、仮面の後頭部に組み合わさった留め部分があった。鉄製の二個の穴に、留め釘《くぎ》がさしこんである。釘も穴も錆びて、ひとつの塊のようになっていた。

「ご免」

五右衛門は腰の脇差を抜き、その鍔元でこじるようにして留め釘を抜いた。

仮面を引きはがそうとする。しかし、留め釘は抜けても、錆びついた留め部は容易に離れなかった。

囚人も自ら、仮面を脱ごうと後頭部に手をまわして引っぱる。離れそうで、なかなか離れない。六年以上に亘る歳月が、仮面をその人の頭部に縫いつけてしまったかのようであった。

五右衛門はじれて、囚人の正面にまわった。懐から紙と、矢立てを出してその人の前に置く。

「まず先に、これにお名前を書かれよ。正体を知らねばどうすべきかの策も立ちませぬ」

鉄仮面は、頭の後ろにまわしていた手を戻した。五右衛門を見つめるようにし、それから、矢立ての筆に手をのばした。懐紙を左手に取りあげる。

どこの、誰か。それが明らかになろうとしている、と五右衛門は思わず自らの掌を握りしめた。

だが、邪魔はまさにその時、入った。

「そこまでだ。それ以上を知ることは許されぬ」

声がかけられた。五右衛門は声のほうを見て、くわ、と叫んだ。

ここまで潜入できたことで、油断が生じていたのだ。いつの間にか、板間の入口のところに人が出現していた。

屈強の武士が七、八人、刀の柄に手を置いて今にも抜かんばかりに構えていた。

そして、その中央に、声の主がいた。知っている男である。

細川幽斎。

更に、幽斎の横にもう一人、華やかな着物を着た小柄な男が立っていた。

皺の多い小さな顔の老人であった。猿のようなぶ男だった。

誰であるのかは、言うまでもなかった。

これがあの、天下の大悪党、関白秀吉であることは明白である。

八

五右衛門は牢の戸からす早く外へ出た。自ら牢の中にいたのでは袋の鼠そのものである。

脇差を下向きに持って忍者の構えをとる。

「ここまで忍び入るとは、おそろしき男よ。なれど、秘密を知られてここから出すわけにはいかぬ」

幽斎がそう言った。

五右衛門はおそれ気もなく言った。

「鉄仮面の秘密は暴かれたり。天下をその手中に収めし人が、こせこせと見苦しきなされようぞ」

関白が、口を開いた。

「つらきことぞよ」

苦渋に満ちた口調であった。

「かくなさねばならぬ余の苦しみ、何人にもわかるまい。身を切られるほどに、つらい」

天下人《てんかびと》は、そこいらの爺いがぐちをこぼすように言った。泣きださんばかりであった。

「だが、そうするよりほかに手はなかった。あまりにも、あまりにも間が悪かったのじゃ」

これが関白か、と拍子抜けするほどのなげきぶりだった。

「もう三日……。もう三日早くそのことがわかっておれば、こうはなさずにすんだ。だが、出てまいるのが三日遅かったのじゃ。世は動いてしまっておった」

「三日早くとは……」

「そのお方が生きておるとわかったのが、六月十六日であったのじゃ」

「六月……」

幽斎が答えた。

「そのお方は六月二日に亡くなられたと伝えられていた。関白様は六月十三日にその仇を討たれたのだ。そして、天下はその方向に転がり始めていた。動き始めたものはもう止められぬ。すべてが決してしまってから、殺されたのは影武者であったと、生きて姿を現わされてももうどうにもならぬ」

五右衛門は驚愕に顔をゆがめた。

では、それは天正十年の六月のことか。

「つらきことぞ」

秀吉は消え入りそうな声を発した。

「そのお方が生きていることは、隠し通さねばならなかった」

自分の懐にころがりこんできた天下を失わぬために……、か。

五右衛門は牢の中の人を見た。

「盗っ人だぜ」

思わずその言葉が口をついて出た。

「こうまで悪どい盗っ人がいようとは、盗っ人の種はつきねえよなあ」

鉄仮面はそこまでの話を、まるで他人事のように静かにきいていた。しかしそこで、ふと筆をとり、手元の懐紙に文字を書きつけた。

紙を、右手に持って格子越しの関白に見せる。

朝鮮事如何
関白の顔に、見る見る血が昇った。顔が大きくゆがむ。

朝鮮のことはどうなっている。

そう問われて、秀吉は絶句したのだ。

広く知られている話である。

かつて信長が、秀吉にどの地を褒賞にほしいかときいたという。秀吉は、日本国は上様のもの故、どこもいただきませぬ、と答えた。私は上様が日本を平定なされたあと、朝鮮に攻めのぼってそこを平らげます故、どうか朝鮮を下さりませ。

主君の気に入られんがための、大ボラであった。本気で朝鮮に攻めのぼる気など、あろうはずもない話である。

だが、鉄仮面は秀吉に問いつめた。

朝鮮のことはどうなっている。

ほかには何の苦情ももらさず、ただそれだけを突きつけたのだ。

「こ、これから……」

秀吉はうめくようにそう言い、ぐらりとよろけた。二人の家来がその体を抱きかかえる。

鉄仮面は紙を捨てた。そして、もう一度両手を頭の後ろにまわした。

ギギギ、と、錆ついた鉄が引きはがされていく。そして……、パカッと鉄の仮面がはがれ落ちた。

もちろん、五右衛門がその人の顔を知っていようはずはない。

だが、額の広い、瓜《うり》のようなつるりとした顔のその老人には、知性の輝きがあった。

生きておわしたのだ……。

「賊を捕えよ。殺してもよい。絶対に逃がすな」

幽斎が力強く命じた。武士たちが刀を抜いて襲いかかってくる。

五右衛門は煙玉を投げた。知りたいことを知った今、逃げるばかりである。はたして、大坂城内から逃げ出すことができるかどうか――。


逃げ出せた。とりあえずその場は。

五右衛門が秀吉の手の者に捕えられたのは三年後のことである。そして五右衛門は、釜ゆでの刑に処せられた。むごたらしい刑罰であった。辞世が残っている。

石川や浜の真砂《まさご》はつきるとも
　世に盗人の種はつきまじ

五右衛門が大坂城に忍び入ったその年の八月、秀吉は突然、朝鮮出兵の命を発するのである。

以下は、作者の推測にすぎないが。

鉄仮面は、その翌年に病死したのではないかと思える。文禄《ぶんろく》元年（一五九二年）八月、秀吉は没した母の追善として高野山に青厳寺を創建するのだが、母の菩提《ぼだい》を弔うためにしては、立派すぎる寺なのである。

青厳寺の本堂奥に秘密の厨子があり、その中に赤く錆びた鉄製の仮面が納められているという噂については、作者はまだ確認をしていない。

どえりゃあ婿《むこ》さ

一

「ちょっと寄って、まくわうりでも食べていきゃーせんか」

範右衛門《のりえもん》は気軽な口調で古い友人を誘った。誘われたのは、兵糧方《ひょうろうがた》役人の名和助左衛門《なわすけざえもん》という下級武士である。

「まくわうりか。そういや、その季節だなあ」

「うみゃあで」

「そんなら、よばれるか」

浅野《あさの》範右衛門は嬉しそうに友人を家に招き入れた。尾張清洲城下《おわりきよすじょうか》の小さいながらも武家《ぶけ》屋敷である。

浅野範右衛門は織田家《おだけ》の足軽組頭《あしがるくみがしら》の一人で、この永禄《えいろく》五年（一五六二年）に四十歳であった。通称のほうは、又右衛門とか助左衛門とか、いろいろの説があって一定しないのでここでは範右衛門ということにしておく。正式の名は、浅野長勝《ながかつ》であった。

妻女《さいじょ》が留守にしているということで、娘《むすめ》のややがその美濃《みの》の名物の瓜《うり》を切って出してくれた。まだ十二歳の小娘《こむすめ》である。助左衛門は古いつきあいなのだから、娘のことまでよく知っていた。

「ややさも、大きなったなあ」

「まんだ子供だわ。そう、早《は》よ大きなってまったら困るがや」

「そんでも、三人おった娘のうち、二人も嫁に行ってまっただがや」

「そうだけど、この子はまんだどこへもやらんで」

その三人の娘が、実は範右衛門の実の子ではなく、養女だということも助左衛門は知っていた。妻のめいたちなのだが、事情があって養女にしているのである。小さな時から我が子同様に育ててきており、明るく育っていた。

範右衛門はほかに嫡子《ちゃくし》たるべき男の養子も同輩《どうはい》の安井《やすい》家からもらっており、その子が今十四歳の弥兵衛《やへえ》である。この弥兵衛は長《ちょう》じて浅野長政《ながまさ》という者になる。

「去年は、ねねさを嫁にやりゃーたで、最後《せやーご》の子ぐりゃあはしばらく家に置いときてゃあわなあ」

「まあ、そういうこったわ」

助左衛門は、ややが瓜の皿を置いて引っこむと、早速《さっそく》それにかぶりついた。

「ようできとるわ。こりゃうみゃあ」

「どれどれ。うん、うみゃあわ」

しばらく瓜に舌つづみを打ってから、

「ああ、よーよばれた」

「まっと食べやあせ」

「まあええわ。よーけよばれたで」

手ぬぐいで手をぬぐった。それから、ひどく明るい声で言った。

「そんだけど、嫁にやった言っても事実上は婿さを取ったようなもんだで、そう寂しい思いせんでもええわなあ」

「婿さか」

「そうだぎゃあも。どっか遠くへ嫁《とつ》いでったならともかく、範さの手配《てひゃあ》したった長屋《ながや》に世話んなって住んどるだで、婿さを取ったのと変れせんぎゃあも。そう寂しねゃあだろ」

「まあ、そうかもしれんなあ」

範右衛門はそう言いながら手をぬぐった。

「それを思うと、あんでよかったのかどうか考えてまうぎゃあ」

「どういうことでゃあも」

「婿さのことだわ。助さには何もかも知られとるこったで、本当のこと言ってまうけどよう、実のところ、どえりゃあ（大変な）婿さだわなあ」

「藤吉郎《とうきちろう》か」

「その名前さえ、まともに呼ぶ者《もん》は少ねゃあわな。みんな、猿、猿、言っとるぎゃあ」

「うん」

ややの姉のねねは、去年十三歳で織田家家来《けらい》、小者《こもの》組頭の木下《きのした》藤吉郎という男に嫁いだのである。最下級の武士である。それどころか、ちょっと前までは足軽として、殿の草履《ぞうり》取りをしていたという男だった。ねねよりかなり歳上《としうえ》で、嫁を取った去年二十五歳である。

「ああいう婿さに娘をやってよかったもんかどうか」

名和助左衛門はしばし返答につまったような顔をしたが、やがて、相手の心中《しんちゅう》を読む風情で言った。

「考えが、ありゃーてのことだろう」

「考えて？」

「あんだけの器量《きりょう》のねねさのことだぎゃあも。あっちこっちから、嫁にもりゃあてゃあいう話もよーけあったに決まっとるぎゃ。軽々《かるがる》しゅう名前《なみゃあ》出してはいかんけども、かなりのお武家から縁談の話があったげなということも、きいとるで」

それは事実だった。たとえば殿の近習《きんじゅう》の一人である前田《まえだ》犬千代《いぬちよ》（利家《としいえ》）などからも、縁談の申し入れがあったりしたのである。

「そういう話を断ってまって、そんで、あの藤吉郎にねねさをやったんだぎゃあも。それにはそれなりの理由があったわけだろ」

「理由か」

「どえりゃあ婿さを選んだわけだわ」

「ひとつには、ねねが自分で行く言ったもんだでだわさ。本人が行きてゃあとこへ行くのが一番だでよう」

「それとは別に、範さもあの藤吉郎でええ思ったんだろう」

「そのわけは、よさそうな人間だ、思ったでだわ。人によう気を使って腰が低《ひく》て、陽気で明りいとこが憎めん人間で」

「うん。明りいのはええわな」

「あんまり身分の高《たつきゃ》あ相手も、つきあってくのがずつねゃあ（しんどい）し」

「そんだけんきゃ」

「それから……、これは人に言ったら笑われてまう話かもしれんで、助さにだけ言うこったけどよう」

「うん」

「ひょっとしたら、案外《あんぎゃあ》見所《みどころ》のある男かもしれん思ったんだぎゃあも」

「どういうとこがでゃ？」

「別にこだわって言うわけだねゃあけど、相当身分の低《ひつく》い出らしいわな。小《ちい》せゃあ頃は食うのにも難儀したらしい」

「おん」

「そんだで、ここへ来るまでに相当苦労しとるわな。あの人当たりのよさも、そういう苦労してきた人間だでこそのもんだぎゃあ」

「苦労すると、人間できてくるでなあ」

「それだぎゃあ。わしが思うに、あの婿さは苦労しとるだけによ、それをバネにして、思ったよりよーやるような気がするだわ。今はまんだあんだけの者《もん》で、入婿《いりむこ》同然に長屋の世話までしたらんといかんけど、ちーとは出世するかもしれんという気がしとるんだわ」

「そうか。そこまで考えとりゃーすか」

お宮の社務所で、お祭りの役員が近所の噂《うわさ》話をしているような調子に、助左衛門はそう言った。

「いや、それはわしのとんだ眼鏡違《めがねちぎゃ》あで、まるっきりスカ（外《はず》れ）の婿さかもしれんけどよう」

わはは、と助左衛門は笑った。

「スカか当たりか、この先楽しみなこったぎゃあも」

範右衛門も、少しホラを吹きすぎたような気になって、照れたように頭をかいた。

二

名和助左衛門兼長《かねなが》は、その粗末な屋敷門をくぐる時に、ふと気遅れするような気分になった。遠慮なく顔を出していいのだろうか、と思ったのである。古くからよく知りあった仲とは言え、今や立場にへだたりができてしまったのではないだろうか。呼ばれたからといってホイホイと訪ねてよいものかどうか。

だが、そんなことを考えているうちに、小者の目に触れ、屋敷内に案内されてしまった。岐阜《ぎふ》城下にある、朋輩《ほうばい》浅野範右衛門長勝の屋敷である。

すぐに、よく見知った仲の妻のやえが湯を出してくれ、範右衛門も顔を出した。

「やあ、助さ、よう来てちょーでゃあた。こっちから顔出せゃええもんを、呼ばってまったりして悪かったなも」

天正《てんしょう》二年（一五七四年）の春のことである。

髪がすっかり白くなった範右衛門は、旧友に対して昔ながらのくつろいだ尾張弁で語りかけた。その言葉を耳にして助左衛門はホッとして、つい緊張がほどけた。ごく自然に親しげな調子で言ってしまう。

「なーんにも悪うあらすか。喜んで呼ばれてきただぎゃあも」

「ま、ま、すわってちょ。きたねゃあ家だけど、楽にしてちょうせ。たまに道端《みちばた》で顔合わせるけど、しみじみ話すのはやっとかめだでよう」

「範さがえりゃあ出世しやーたもんで、昔のようには声もかけれんぎゃあ」

その言葉をきくと範右衛門は、手を振り、かぶりを振り、とんでもないという表情で言った。

「とろくっせゃあこと言わんといてちょ。とんでもねゃあこったぎゃあ、わしが出世したいう話がどこにありいな。わしは昔のまんまの足軽組頭で、なーんにも変っとれせんぎゃあ。変なこと言っていかんでえも」

「そうは言っても、今の範さは一国一城の殿様の舅《しゅうと》殿だぎゃあも」

「そんなもん、わしのことだねゃあぎゃあ」

範右衛門は本当に困惑した顔をした。

「とにかく、昔からのツレ（仲間）の助さに声もかけれん言われては寂しいで、それはやめてちょ。本音《ほんね》でしゃべれる人だ思っとるのに、そんなせつねゃあこと言われたらどもならんぎゃあも。なあ」

「そう言ってまうと、わしも気が楽で、嬉しなってくるぎゃあも」

「そんでええぎゃあ」

二人の間に、堅さがとれてホッとした空気が流れた。

「あっちにはいつ行きゃーす。仕度《したく》で忙しいだろう」

「まあちょっと先だわ。まんだ城の普請《ふしん》が終っとらんげなで、それができるのを待っとるとこだわやーも」

「ほうか。すっげえわなあ、何にしても。城に住みゃーすんだでえも」

「わしはそんなとこに住めせんで。わしは呼ばれたで、お祝あ言いに行くだけのこったわなあ。ねねの道中《どうちゅう》についてくだけのことだわさ。そら、ねねは今後あっちに住むだけどよう」

「なんだ、範さはあっちに住めせんのか」

「住ますきゃ。いっぺん顔出したら帰ってくるぎゃあ」

二人が言っているあっちとは、近江国長浜《おうみのくにながはま》であった。範右衛門長勝の娘婿は、この度《たび》そこの城の主《あるじ》になったのである。城の普請が完成したら、岐阜から妻のねねを呼び寄せるはこびになっているのだった。長勝は、挨拶に顔ぐらいは出すべきだろうと考えていた。

「そうか。範さはこっちか」

「そうでなけな、あのよう、こんなこと助さぐりゃあにしか言えんけど、たまったもんだねゃあで」

「どうしてでゃ」

「婿さが、めっちゃんこ出世してってまうでだぎゃあ」

思わず助左衛門は相好を崩した。友人が、そのことにややうろたえ気味であると知って、喜ばしいような気がしたのである。

「どえりゃあお人だでなあ」

「どえらけねゃあで」

そう言って範右衛門は目をむいた。

「実際《じっせゃあ》のとこ、あの婿さにはよ……」

と言ってから小さく首をすくめ、

「婿さ、なんて言ってはいかんわな、今はもう羽柴《はしば》様言わないかんわ。そんだで、わしと助さの、ここだけの話にしといてちょうよ」

「ほん」

「そんならここだけは婿さ言うけどよう、あの婿さにはびっくりこいてまうで。足軽同然のとこからお前《みやあ》さん、あれよあれよいう間に士分《しぶん》になって、大将になって、とうとう城持ちの大名になってまったぎゃあ」

「その通りだわ」

「そんなどえりゃあ人間がおるきゃあ。わし、きいたことねゃあでえ」

「並の人間ではなかったんだわさ。よっぽどできるだわ。そんだで、殿様が目をかけやーすだわ」

「それにも限度があるぎゃあも」

助左衛門はなんだか楽しくなってきた。

「文句言っていかんぎゃあも。婿さが出世して、どこに不満があるでゃ」

「不満はあれせんわさ。不満だなて、ついてけん言っとるんだわなも。そうだねゃあきゃ。喜んどるんだけど、わしらの喜びの限度を越えてまっとるでいかんぎゃあ」

「範さが見込んだだがや」

「わしがや」

「そうだぎゃあ。ねねさをあの婿さにやる時、お前さん言っただろう。どこか見込みのある相手だで、今は低《ひっく》い身分でも、そのうち出世しやーすような気がすると」

「いや、ここまでとは思っとらなんだぎゃあ」

「よーけ出世して悪《わり》いことあれせんぎゃあも。範さの見込みが当ったんだで、喜ばないかん」

「喜んどるけど、ちょっとおたおたしてまっとるだ」

「幸せなこったぎゃあも。あのねねさも、奥方様いうもんになってまったんだわ」

「そうだわ」

「範さは長浜城主の舅殿だ」

「わしのことはええわ。わしは、一生足軽組頭で終りてゃあ思っとる。そんだで、実を言うとここらで隠居しよか思っとるだ」

「まんだ五十二歳で、働けるぎゃあも」

「いや、そのほうがええ思うだわ」

範右衛門はちょっと真面目な顔をした。

「息子の弥兵衛が、婿さ、羽柴様の家来として働いとるのはええこった思っとるんだわ。武士は、有能な殿の下で働いてこそ生きがいもあるんだでえも」

弥兵衛とは、浅野長政。この年二十六歳。

「そんだけど、わしはこのまんまでええ思っとるんだわ。今さら、婿さのおかげで変に出世したりしても、身の丈《たけ》に合わんことやって往生《おうじょう》こくだけだでよう。そんだで、隠居するだわさ。隠居して、気楽に婿さの出世ぶりを見物させてまうだ」

「ほうか。そう決心しやーたか」

助左衛門は小さくつぶやき、こくんとうなずいた。友人が、いつまでも変らぬ者でいることに少し安堵《あんど》したようでもあった。

「見物しとる分にはおもしれえでよう。墨俣《すのまた》の一夜城でびっくりこかされて、美濃攻めで手《て》柄《がら》を立て、浅井《あさい》朝倉《あさくら》を討つにもちょこまかと働きゃーしたらしいわ。太守様がよーやる者は認める、いうお方だでだけど、どんどこ出世してって、笑えてくるでかんわ」

「目出《めで》てゃあ話だぎゃあも」

「うん。目出てゃあ話だわ。そんでもわしは見とるだけにしてまいてゃあ。そんで、昔なじみの助さやらと、気楽にああだこうだ話しとりてゃあだわさ」

「はは、それが一番のん気でええわなあ」

「のん気だでえ」

浅野長勝は肩の荷を下したような晴れ晴れとした顔になってそう言った。

三

天正十年（一五八二年）、変事《へんじ》が起きた。

織田信長《のぶなが》がこの世から消えたのである。信長の天下布武《ふぶ》の野望は、明智光秀《あけちみつひで》の謀叛《むほん》により一夜にしてついえた。あと一足、というところまで来ていながら。

あと一足、のところまで来ていたが為に、信長の偉業を誰が継ぐのか、は重大な問題であった。

「ひょっとすると、ひょっとしてまうかもしれんで。範さ、覚悟はできとるきゃあも」

めっきり老人臭くなった名和助左衛門が、ほとんど歯のない口をふがふがさせてそう言った。二人とも、もう六十歳である。自分も隠居した助左衛門はこのところ、三日にあげず浅野の屋敷に遊びに来ては、あれやこれやと雑談していくのだったが、このところの話題はあのことに集中していた。範さのとこの、婿さのことである。

「何がどうなる言やーすだ。まっとはっきり言ってまわな、どういうこったわっかれせんぎゃあも」

「何をボケたこと言っとるでゃ。しっかりしやーせよ。今、ひょっとする言ったらお前さんとこの婿さのことに決まっとるがや。忘れてまったんきゃあも」

「わし、まんだそうボケとれせんで」

「そんならわかるだろ。婿さのことだわ。長浜の、ほれ、ねねさのとこの」

「あのよう、あそこもよう、昔はともかく今はえりゃあ出世しとらっせるで、羽柴様言わんといかんのだねゃあきゃあ。秀吉《ひでよし》公でもええけど」

「そんなことわかっとるわ。わしとお前さんの、二人の間だけの話だぎゃあ。二人で、ここだけの話だいうことにして、ずーっと婿さと呼んで評判やらかしてきただぎゃあも。そんなもん言われんでも、ちゃんとしたとこでは羽柴様言うに決まっとるわ」

「ああ、そういうことか。ここだけの話の時は、昔ながらに婿さと呼んだってまうわけきゃあも。うん。そんでええわなあ、よう知っとるだで、何もかも」

「ずーっとそうしてきたんだぎゃあも」

「おん。そんならそうしよみゃあ。そんで、うちの婿さがどうした言やーすね」

「いかんなあ、でゃあぶボケとるがや。おい範さ、今年、京の本能寺《ほんのうじ》でどういうことがあったかわかっとりゃーすか」

初めは不思議そうに考えこんだが、すぐに浅野長勝はうなずいた。

「もちろん、わかっとるに決まっとるがや。どえらけねゃあ大事件だわ。我が主君《しゅくん》、大守織田信長様が、明智日向守《ひゅうがのかみ》に討たれて、非業《ひごう》の最期《さいご》をとげられやーた。悲しいことだぎゃあも」

「そうだ。わかっとりゃええわ。なあ。もちろんのこと、我が織田家にとっては大事件だわさ。それだけではねゃあで。そのことはこの日本にとっても一大事《いちでゃあじ》だ」

「ほらほうだ」

「天下を誰が統一するか、いう話になってきてまうでなあ。太守様がまあちょっとのとこまでこぎつけとりゃーたでえも。その跡を、誰が手に入れてまうかだ」

「そういうことになってくるわなあ」

わかってないなあ、と言わんばかりの顔を助左衛門はした。

「こりゃ、だちかん（ダメだ）なあ」

「何がだちかんのでゃーも」

「お前さんがボケてまっとるでだ」

「わし、まんだボケとれせんで」

「ボケとりゃーすわ、十分に。ええか、よう聞きゃーせよ。このどえりゃあ時によう、お前さんとこの婿さの、わかるだろう、羽柴様だわ、その羽柴様が天下を取りゃーすかもしれんいう情勢になってきとるだぎゃあ。わかるきゃあも。婿さが天下をだで。どえりゃあ話だがや」

「ねねのとこの、婿さのことときゃあも」

「そうに決まっとるぎゃ」

「あの婿さが、天下をきゃ」

「ええか範さ、よう聞きゃーよ。羽柴様は本能寺の変のあと、戦《いくさ》で出かけとった中国から一気に帰ってりゃーて、山崎の合戦《かっせん》で明智光秀を討ったんだでえも。わかるきゃあ。主君の仇を討ったのは、羽柴様だ」

「うん。その話はわしも聞いとるわ。天王山の戦いだろう」

「聞いとりゃーすならわかるだろう。明智を討った手柄は、お前さんとこの婿さのもんだで。と言うことは、天下を取るのはその婿さかもしれんぎゃあ」

範右衛門は小首を傾《かし》げた。

「そう簡単なもんではねゃあだろう。そらちょっと考えが甘《あみゃ》あと違うきゃ」

「なんでだ」

「織田家にはお前さん、柴田《しばた》様とか丹羽《にわ》様とか、前田様とかよう、まんだ上に重役がいっぴゃあござるがや」

「それはわかっとるわ。それはわかった上で、ひょっとするとひょっとするかもしれんと言っとるんだぎゃあも」

「ひょっとはせんだろ」

「わからんて。確かに柴田様や丹羽様はおる。おるけどよう、主君の仇を討ったのは羽柴様だで。そのことの重みは、大きいでいかんて」

「そうだろか」

「大きいて。ちょっと無視はできんわ。そんだし、そもそもあの婿さだぎゃあも。足軽同然の猿から、一代《いちでゃあ》であそこまで出世しやーたお人だで。そういう人が、この機会をのがすとは思えんでかんわ」

「まんだ上まで行く言やーすか」

「行ったら、どえらけねゃあことだろう」

「そら、どえらけねゃあわ。今でせゃあ、わしらが安気《あんき》に口きけんぐりゃあのもんになっとるのに」

「やるかもしれんで」

名和助左衛門は期待のこもった声を出した。

「あの婿さがや」

「そういうこったわ。もしそういうことになりゃあ、息子の弥兵衛さがその家来だもんで、どんどん出世できるかもしれんぎゃあも。お前さんとこも、大《てゃあ》した家柄になってまうかもしれんで」

「長政のことはどっちでもええわ」

範右衛門は実直一筋の息子について、そう大きな期待は抱いていなかった。

「それよりも、婿さだわ。ねねだわ」

「ひょっとすると天下人《てんかびと》だで。こんなこと、まんだ柴田様や丹羽様がおりゃーすで、大きい声では言えんけどよう」

「うーん」

範右衛門は考えこんだ。明智の謀叛があった時、彼がまず考えたのは長浜で夫の留守を守っているねねのことだったのだ。明智勢がその城を攻めることは十分に考えられたのだから。

いや、実際に光秀は一時的にその城を取った。ねねは、取るものも取りあえず城から逃れて、かろうじて無事だったのである。

そういうことでホッとしていただけに、婿さが天下を取るかもしれないなんてことは、今まで考えたことがなかったのである。

「あの、人当たりのええ婿さがなあ」

「信じられんくりゃあの出世をしてりゃーた人だでえも」

「うん。確かに、わしもどっか見所のある男だとは思っとったんだわ。出はようねゃあけど、若《わき》あ頃に苦労しとらっせるで、人の心がわかるだわ」

「その婿さが、まっと上まで行くかもしれんのだぎゃあ。もしそういうことになったらよう、ほんとに、どえりゃあ婿さだで」

「ほうなるわなあ」

「のん気なこと言っとる場合《ばやー》だねゃあで」

「そうは言っても、わしらにはまあ、ついてけんでかんぎゃあ」

最後には浅野長勝は心細げな顔になってしまった。

四

よろよろとした足取りで、浅野範右衛門長勝は、その家を訪ねた。天正十四年、近江国大《おお》津《つ》城下である。身を寄せている息子の屋敷を出て、徒歩で、古い友人の家を訪ねたのである。

と言っても、その友人はもうこの世にはいなかった。

「先代《せんでゃあ》の、仏様拝ましてもらえんきゃあも」

現当主の妻女に、範右衛門はそう言った。

名和助左衛門兼長の子、重長《しげなが》は、今、浅野長政の家臣になっているのである。そして浅野長政は、大津と坂本《さかもと》の二城を持つ、二万三百石取りの大名であった。運命の不思議さであった。

殿の御隠居様がみえられた、ということですぐさま範右衛門は仏間に通された。丁重なもてなしを受け、茶菓の接待を受ける。

気を使わんでくれ、ということを言い、範右衛門は一人にしてもらい、死んだ友人の仏前に進み出ると長い間手を合わせて拝んだ。

チン、と鈴《りん》を鳴らしてから、彼はぶつぶつと仏にしゃべりかけた。

「はかねゃあ姿になってまったなあ、助さ」

そう言ってから鼻をぐずりと鳴らし、懐紙《かいし》を出してはなをかむ。

「そんだけどまあ、わしもじっきにそっちへ行ぐだわさ。そしたらまた昔みてゃあにいろいろ話をしよみゃあ」

はなをかんだ紙で目尻をぬぐう。

「いろいろと、話してゃあことがあるんだぎゃあも。ほんとに、世の中がおそろしいぐりゃあの勢いでどんどん変ってってまってよう、わしら年寄《としよ》りには生きにくうなっとるでかんわ。まあ、年寄りの出る幕はあれせんで。ついてけんでかんて」

話をするにも、その話相手がない範右衛門であった。

「びっくりこいてまうわなあ。お前さんも見とりゃーすだろうけどよう、うちの婿さだわ。

こんなとこでなきゃ、まあ婿さとも呼べんもんになってまったぎゃあも。なあ。あれまあ何するだ、思っとるうちに天下取らしてまってよう、去年、なあ、関白《かんぱく》いうもんになってまったでーも」

まるで、生前その人とよく噂話をした時のような口調になってくる。

「そんだけでもどえりゃあのにお前さん、今年はその上、えーと何だ、太政大臣《だじょうだいじん》だと。そんで、姓も豊臣《とよとみ》いうもんになりゃーたがや。あの貧乏婿さが、関白太政大臣、豊臣秀吉様だで。わし、頭がくらくらしてきてまうでかんぎゃあ。ねねが、北政所《きたのまんどころ》様になってまったんだでえ」

助左衛門の位牌《いはい》を、かすんだ目でじっと見つめる。

「あきれた話だねゃあきゃあ。なあ。もちろん、目出てゃあ話だもんで、わしも文句があるわけではねゃあで。こんな生活さしてまって文句言っとったら、そら、バチが当たってまうぎゃあ。天下人の舅殿なんだもんでよう。そんだで文句はあれせんけども、あんまりどえらけねゃあ話で、ついてけんでかんぎゃあ。なんでただの足軽組頭が、関白の舅殿になってまうでゃあ。その娘が、北政所様になってまうんだで」

範右衛門は、声を立てずに笑った。

「夢みてゃあな話だわ。うちの婿さは、天下一の出世婿さだっただわ。あんな人間がこの世の中にほんとにおったとは、わし今でも信じられんぐりゃあの気がするだぎゃあ。あれは人間だなて、お化けと違うかいう気がしてくるぐりゃあのもんだで」

お前さんが見込んだ男だぎゃあ、と死んだ助左衛門が言ったような気がした。

「いかん、いかん。こんなこと言ってまって、誰かの耳にでも入《ひゃあ》ったらえりゃあこったわ。わしも別に、不足があるわけのもんだねゃあで。むしろ、こんなえーころかげんの話があってええんかしゃんと、身内の運の良さにおそろしいような気がしとるだけのもんで」

秀吉の栄達《えいだつ》は、この浅野長勝に似た運命の人間を何人も生み出していた。

「息子の長政も、とうとう五奉行《ぶぎょう》の筆頭いうもんにまでなってまったしよう」

浅野弾正《だんじょう》少弼《しょうひつ》長政。普通には、浅野家の始祖と呼ばれる人物である。後には、甲斐《かい》国二十一万石の城主となる。

長政の子、幸長《よしなが》は、関ケ原の戦いで東軍の先鋒《せんぽう》となって功を立て、徳川家康《とくがわいえやす》から紀伊《きい》国和歌山城主として三十七万六千五百石を受ける。幸長は若くして死んでその弟長晟《ながあきら》が当主《とうしゅ》となる。この長晟は、大坂《おおさか》の陣で塙団右衛門《ばんだんえもん》を討ちとるなどの功をあげ、芸州《げいしゅう》広島藩四十二万六千石の大名となる。

徳川時代の名家、浅野家は、すべて範右衛門が娘に、ちょっと風変りな婿を取ったことから生まれたのである。

「なあ助さ、お前さんも思やーせんか。世の中のことてゃあな、ほんと、わからんもんだでえも。この男はなかなか感じがええがや、ひょっとしたらやるかもしれんぞて、わしが思った、ただそんだけのことがよ、足軽組頭のわしを天下人の舅殿にしてまったぎゃあも。浅野家も、えりゃあ栄えてまったがや。なあ。わからんわなあ。助さ、お前さんもびっくりしゃーたろう。わしはまっとびっくりこいとるぎゃあ」

範右衛門はもう一度手を合わせ、鈴を鳴らした。

「わしも、こんだけ珍しい体験《てゃあけん》さしてまったで、まあ不足はなんにもねゃあぎゃあ。まあじきそっちへ寄せてまうで、そん時はまた仲ようしてちょうせな」

史上最高の婿殿の舅は、最後にもごもごとそんなことを言うのであった。

山内一豊《やまのうちかずとよ》の隣人

一

「これは内輪の話で、むこうの耳に届くことがあってはならぬが」

と、目つきの涼しい武者が、声をひそめるように言った。

「お隣は、ただもう人が好《よ》いだけの、裏のないお方だわ」

言っているのは、織田《おだ》家家臣で、船戸《ふなと》吉右衛門《よしえもん》持義《もちよし》、この時数え年で二十六歳であった。禄高《ろくだか》三百石の小者にすぎぬが、織田の直参である。そういう者が、今は寄騎《よりき》として木下藤吉郎の配下にあるのだ。寄騎とは、与力とも書き、貸し与えられた兵力のことである。出向社員とか、派遣店員のようなものである。

ところは、近江国《おうみのくに》横山城の、その城を守備する陣屋の一隅《いちぐう》。

話相手は、家来の関根平左衛門《へいざえもん》という、自分の父親ほどの年齢の者であった。家来ではあったが、幼い頃《ころ》から養育してくれた先生のような立場の人間でもある。

そういう家来を相手に、吉右衛門は夜話をしている。周囲に人もいないので、気楽な世間話として、ひとの噂《うわさ》などをしているのだ。

「いかにも、お隣は真面目《まじめ》によく働くが、ただもうそれだけのお方で、とてものこと大将の器ではござりませぬのう」

平左衛門も、小馬鹿《こばか》にしたようにそう言った。

噂の主は、同じく織田家家臣で寄騎の、山内猪右衛門一豊《やまのうちいえもんかずとよ》という朋輩《ほうばい》であった。年齢が、吉右衛門と全く同じで、この元亀《げんき》二年（一五七一年）に二十六歳。ただし禄高はちょっとだけ違っていて、むこうは二百石。この一豊は、彼らの本拠地である岐阜の城下で、船戸持義の隣に屋敷を持っているのである。そのよしみで、出張先のここでもついお隣と呼んでしまうのだ。

言ってみれば、同期入社のライバル社員のことを話のさかなにしているというわけであった。

「当然のことよ」

吉右衛門は上機嫌《じょうきげん》でそう言った。

「器ではない。とても、とても」

言っておいて、怜悧《れいり》な目つきをした。どちらかと言えば、知恵誇りをするタイプの男なのである。

なお、この主従はもともと尾張《おわり》名古屋の人間で、こういうくつろいだ場ではもちろんのことなから、馴《な》れ親しんだ尾張弁を使っている。だが、この物語においては、それを標準語に置き換えることにする。そのほうが読者にとってなじみやすいだろうし、著者《わたし》としても、またあの裏技を使ってやがる、と言われなくてすむからである。

「もちろん、真面目にコツコツやる人だからそこその出世はするだろう。それに何より、我が主君信長公は、鬼神の如《ご》き勢いでこの国の中原を平らげておられる。この先、ますます勢力を拡大なされること、間違いないところだ。それ故《ゆえ》、家臣もおのずと立身いたし、禄高も上がろうというもの。さればただ真面目なお隣も、だんだんに加増なさることは間違いない。しかし、それもせいぜい八百石か、千石がよいところ。とてもそれ以上の高禄になられることはあるまい。ましてや、城持ち、あるいは国持ちになることなど、到底考えられぬ」

「はは。お隣が国持ちとは、夢にもかなわぬことでござるて」

そう言って平左衛門は笑った。別に隣家の主人に悪感情を持つわけではないが、あの凡庸な人物が一国一城の主《あるじ》になるなど、考えるのも片腹痛い、ということなのである。どう考えても下級の武士でしかない人なのだ。

「いずれは一国一城の主に、という夢は、むしろ殿にこそふさわしゅうござる」

平左衛門は本気でそう信じていた。我が殿にはそれだけの器量がある、と見ているのだ。出自も、決して賤《いや》しくはない。藤原満道《みちみち》を家祖とする、という家系伝説は、この戦国の世にあって大いに眉《まゆ》につばせねばならぬとしても、先々代、喜左衛門義房《きざえもんよしふさ》以来の織田の直参である。父の忠左衛門道草《ちゅうざえもんみちくさ》は、信長の父、信秀《のぶひで》に仕え、十人衆の一人に数えられている。その点、故郷で隣家に住む山内一豊は、新参者である。

いや、正確に言うと、どこの馬の骨とも知れぬ流浪者《るろうしゃ》ではない。一豊の父、但馬守盛豊《たじまのかみもりとよ》はかつて織田家の家老だった。

だが、それは今の、この織田家ではない。

ややこしいが、織田家は二つあった。岩倉織田家と、清洲《きよす》織田家である。一豊の父は、そのうちの岩倉織田家に仕えていたのである。

そして、今の、信長の織田家はその二つのどちらでもなく、もともとは清洲織田家の一奉行でしかなかった家だ。それが、信秀の代に同族を攻めとってのしあがり、信長がついに尾張一国を平定したのである。岩倉織田家が信長に落とされた時、山内一豊の父は死んだ。そしてまだ十五歳だった一豊は、諸国をさすらって大いに苦労し、二十歳を過ぎてからやっと信長に仕えるようになったのだった。初めはわずか五十石の禄高である。

言ってみれば一豊は、新興企業につぶされた昔の会社の重役の息子で、父の会社をつぶしたところに平社員として入社した、というような具合だったのである。

「ぐんぐんのびる織田家に仕えるからこそ、お隣もここまで順調に加増されてきたわけだが、この先となるとな」

吉右衛門は皮肉な顔でそう言った。

「さよう。殿の敵となるほどのお人ではございません」

そこで吉右衛門は、ふと親しげな調子で言った。

「ただ、感じのいいお方ではある。猪右衛門殿も、そのお内儀も」

平左衛門も、それにはすぐに同意した。

「まことでございますな。お隣のまつ殿は、とてもよくできた女性《にょしょう》で、山内殿によく手紙を下されるそうでござるが、その中に、当家の様子などまで書き加え、船戸様にお伝え下さいますようにと、気配りをなされたりする」

「うむ」

と、吉右衛門はうなずいた。岐阜にいる隣家の妻女の顔を思い浮かべ、あの女性には愛嬌《あいきょう》というものがある、と思ってしまう。

もちろん、吉右衛門も妻帯しており、子もある。妻のちせも、なかなかの美人であった。顔だけを比べれば、隣のまつよりも上かもしれない。ほっそりとして長身のちせは、下級武士の妻にしては気品のある、整った顔立ちだった。

だが、まつには、言葉では説明できぬような愛嬌があった。いつまでもあどけなさを残すような顔をして、それでいて、勘のよさを感じさせもする。いつも明るくて、見ていてつい気分がよくなる。そういうところがまつにはあった。

そして、周囲に細かく気配りができるあたり、なかなか賢い女性と言わねばならなかった。夫への手紙に、隣家の様子まで書き加え、お伝え下さい、とするのもその一例である。

吉右衛門の妻のちせも、時には手紙をよこすのだが、それには、ご武運をお祈りしますというような、型通りのことしか書いてない。留守宅の様子が、よくわからないような手紙なのである。あの種のひらめきのようなものが感じられないのだ。

その点は、まつ殿のほうが上だろう、と認めざるを得なかった。

「それにしても、お隣はお内儀なしではどうにもならぬお人ですなあ。すっかり尻《しり》に敷かれておられる」

平左衛門は嘲笑《ちょうしょう》ぎみに言った。

そのことは有名なのである。戦場で、あれこれの女に手を出したりするのが普通だったこの時代に、山内一豊はそういうことをしないのである。もちろん、側室なども作らない。ひたすら妻を大事にしている愛妻家なのだ。

この時代に、愛妻家というのは必ずしもほめ言葉ではない。いや、現代でも少なからずそうか。妻一人をようやく守っているようでは男としての甲斐性《かいしょう》がないのであり、それどころか女の尻に敷かれた軟弱者め、というイメージさえあるのだ。山内一豊がまさしくそれであった。

「そこがお隣の、糞《くそ》真面目なところよ。まあ、悪いことではないわな」

吉右衛門は余裕たっぷりにそう言った。

そして、いずれにしても、この戦乱の世をのしあがっていくのはおれだ、と思っている。

二

姉川の戦い、という信長対浅井家の戦いがあったのは元亀元年である。信長はこれに勝ったが、ただし、その時に浅井家が亡《ほろ》びたわけではない。浅井久政《ひさまさ》、長政の父子は、今も主城の小谷《おだに》城にあり、大きな勢力を持っているのだ。だからこそ藤吉郎は小谷城に対峙《たいじ》する横山城におり、船戸持義も、山内一豊も、その地に出向してきている。

浅井家が完全に亡びたのは、天正《てんしょう》元年（一五七三年）九月のことである。

その戦で、船戸吉右衛門持義は大いに働き、なかなかの武功を立てた。敵の、かなり名のある武将の首をあげ、城への攻撃にも第一陣の一人として加わり、手柄《てがら》を立てた。

しかし、持義の隣家の山内一豊も、それに負けぬ働きをした。世渡り、というようなことはそううまいとも思えぬ一豊だが、戦での働きということになると、持義に特に遜色《そんしょく》はないのである。真面目に、夢中で働くからまずまずの武功を立てる。

それに、戦場での手柄というのは、多分に運次第なのである。大いに働こうにも、いきなり乗っている馬をやられてしまえば、どうにもならなかったりする。自分の行くところに敵の大物が一人もいなかったりすれば、それでもう大した功はあげられない。大いに運に左右されるのだ。

持義も、一豊も、まずまず運に恵まれ、功をあげた。

そして、もうひとつ運がよかったのは、この戦の結果、木下藤吉郎が大出世をしたことだ。

浅井討伐戦の功により、藤吉郎は小谷城を与えられ（のちに長浜に築城）、十八万石の大名となり、名も、羽柴筑前守秀吉《はしばちくぜんのかみひでよし》と改めた。

そういうわけで、そこについていた寄騎の船戸持義も、山内一豊も、大いに加増し、共に四百石の禄を与えられることになった。

もっとも、船戸持義としてはやや不満がなくはない。もともと三百石の自分も、もとは二百石の一豊も、同じく四百石になったという点についてである。むこうが四百なら、おれは六百になるのが妥当ではないかと思うのである。百パーセントのベースアップなのだから。

二百石ばかりにこだわるわけではないが、今まで下であった者に並ばれてしまったというのが、ちょっと面白くないのだ。あんな奴《やつ》に追いつかれてしまったのか、である。

そんな気持でいるところに、家来の平左衛門が珍しい情報を持ってきた。

「お隣の、山内殿でござるが」

「どうした」

「おかしなお願いを、羽柴様にするようでございます」

「つまり、今羽柴様は長浜に城を築いておられますが、ついては、自分もそこに屋敷地をもらいたいと」

「おかしな、とは」

「どういうことだ。わしらは寄騎《よりき》ではないか」

変なのである。寄騎は出向社員なのであって、秀吉の家来ではない。織田の直参なのだから、当然岐阜に屋敷地をもらっている。その上に、秀吉にも長浜に屋敷地をもらうなど、常識外れであった。

「つまり、あの人の、女房思いでござる」

あの愛妻家は、妻といっしょに住みたいが故に、長浜にも屋敷を持ち、そこにまつ殿を呼び寄せたがっているのです、ということを平左衛門は言った。

「なんと、まあ」

吉右衛門はあきれ顔をした。そこまで妻が恋しいとは、ちょっと問題ではないのか。わしらが出向してきているのは、当然のことながら戦にそなえてのことである。それなのに屋敷を持つとは。

しかし、平左衛門はひとしきり隣家の主人のことを笑ったあとで、意外なことを言った。

「ですが、案外利口なやり方かもしれませぬ」

「どういうことか」

「もちろん、お隣はただ女房恋しでそういうことを言っておるだけですが、そうではなく、世渡りとして、殿も同じことを羽柴様にお願いしてみる手かもしれませぬ」

「世渡りとは」

「つまり、羽柴様の未来に賭《か》けるのです」

平左衛門が言うのはこうであった。

秀吉は、足軽から出てここまでに出世した異能の人物である。この先も、更に立身していくかもしれぬ。

ただ、そういう急激な出世をした人物であるだけに、自分の直参の家来を多く持ってはいない。だからこそ主人の信長から、寄騎を与えられているのである。

そういう時に、寄騎の身である者に、屋敷地をいただきたいと願われれば、秀吉としてはどんな気がするか。寄騎ではありますが、羽柴様のことを大いに信頼し、家来同然に仕えたいと思っております、と言われたように感じるであろう。喜んで願いをきき届けてくれるに違いない。

「つまり、大いに羽柴様に接近しておいたほうが得、ということか」

「まだまだのびられる方のように思えますからな」

うむ、と吉右衛門はうなずいた。

見事な世渡りだ、と思ったのである。

秀吉に接近しておくことは、なるほど将来のことを思えば利口な賭である。すがって寄りそっていけば、むこうも可愛《かわい》い奴だ、と思う。それがいつか出世につながる。

やってみる手だな、と吉右衛門は思った。おれは、その種の世渡りにぬかりのない人間よ、と。

そしてふと、隣の山内一豊のことを思った。

運のいいお人よ。ただ妻が恋しいだけの行動が、世渡りを考え抜いたおれと同じものになるのだから。

こうして、船戸《ふなと》持義《もちよし》は、山内一豊と語らって秀吉に同じことを二人で願い出た。一豊は、それはようござる、仲間ができて嬉《うれ》しいと、単純に喜んでいた。

二人は、岐阜の時と同じく、長浜でもお隣同士となった。一豊ほど妻が恋しいわけではなかったが、持義も、屋敷を構えて一人で住んでいるのも変なので、岐阜から妻子を呼び寄せた。ちせと、一子和之助《かずのすけ》がやって来る。ちせも、慣れぬ地へ来るのに、隣家の女房まつがいっしょなので安心の様子であった。

この時点で、二人の武士のランクは全くの同格であった。

三

長篠《ながしの》の合戦で、織田《おだ》信長は武田《たけだ》勢を破った。初めて本格的に鉄砲を使い、強いことでなりひびく武田の騎馬隊を撃破したことはあまりにも有名である。

もちろんここに、船戸持義も、山内一豊も参加していたが、戦後の論功行賞はなかった。戦は天才信長が一人でやったようなもので、手柄を立てようにも、部下には何もやることがなかったのである。

その翌々年、石山攻めを片づけた秀吉は、主人信長に願い出て、付けられていた寄騎衆を自分の家来にした。かくして、持義も一豊も、正式に秀吉の家来となった。

その時に加増があった。二人とも、二千石になったのだ。つまり、本社社員だった者が、出向先の支社の社員になり、ある種格下げになったので、給料を上げてもらったということである。

持義と、一豊は、長浜城下にお隣同士として暮している。

そういう時に、とんでもないことが起こった。ここまで並んでいた二人の間に、大きな差がつくことになる珍事が発生したのである。

信長の居城、安土《あづち》城の城外に、馬市が立った。どんどん業績拡大をしている大名のところだからこそ、景気もよかろうと、全国から馬商人が集って市を開いたのである。

吉右衛門持義も、適当な馬があれば買おうと、そこをのぞいてみた。そしてそこで、お隣と会った。

「やあ、猪右衛門殿。おたくも馬を買うのでござるか」

「これは吉右衛門どの。お手前も」

「よい馬が、よい値で売られておればな」

「それはまさしく。いや、お手前にはどうせ隣のよしみで何もかも知られているところだが、私の持っている馬はあまりにも貧弱な駄馬《だば》で、あれでは戦場でものの役に立ちませんからなあ。なんとかもう少しマシな馬を求めたいのですが、これも知られていることながらうちの懐《ふところ》は苦しくて」

「いやいや」

山内一豊は実のところ貧乏であった。禄《ろく》に見合う働きをせねばならぬからと真面目《まじめ》に考えすぎて、禄には不つりあいなほど沢山の家来を持つからである。持義はそこまでのことはしないから、ややゆとりがあった。

しかし、その持義にしても、ちょっといい馬となるとなかなか手が出なかった。これは、と思うものは、黄金一枚とか、二枚とかするのである。黄金一枚（つまり一両）など、普通の下級武士が持っているはずもない時代だったのだ。まだ米が貨幣の役をはたしていて、黄金など見たこともなく暮している者が多かった。黄金一枚あれば、家来が十人雇えたであろう。

そういうわけで、お隣の猪右衛門一豊も、馬を見て、値段をきいてはふわーとため息をついている。

ところが、一頭の馬の前まで来た時、二人の足がピタリ、と止まった。思わず息をのむほどの名馬だったのである。

「こ、これは……」

猪右衛門の声はうわずっていた。

「すばらしい名馬でござるな。これほどの馬は初めて見る」

吉右衛門も、興奮気味にそう言った。

誰の目から見ても、文句のつけようがない馬だったのである。武士たちが、ぞろぞろ集ってきて人垣《ひとがき》ができてしまった。

馬商人がいた。どこから来たかときくと、奥州《おうしゅう》南部だと答える。南部と言えば名馬の産地であった。

その商人が、馬の値段を言った時、集った武士たちの間にどよめきの声が起きた。なんと、その馬は黄金十枚だというのである。

高すぎる、と吉右衛門は思った。いや、馬の値打ちは確かにそのくらいあるかもしれぬ。

しかし、自分が買うには、高すぎて到底手が出るものではない。世の中にはああいう馬を買う大尽者《だいじんもの》もいるんだろうなあ、ぐらいに考えて引きさがるしかないところである。そこにいた武士たちもみな同じ思いらしく、買う、と申し出る者はいなかった。

ところが、吉右衛門がふと、お隣の猪右衛門を見ると、顔つきが変ってしまっている。よだれをたらさんばかりの顔になり、目の色が、ほしい、と叫んでいるのだ。

おたくには無理でござろう、と吉右衛門は思った。黄金一枚ときいた時でさえふわーとため息をついていた人が、黄金十枚の馬を買えるわけがないではないか。無茶な欲望を持つものではござらんよ。

吉右衛門はその馬の周りの人垣から抜けた。隣の猪右衛門はまだそこに未練たらしくへばりついている。間の抜けたお人よ、と吉右衛門は思った。

それなのに、明くる日、吉右衛門は耳を疑うような噂をきいた。

あの馬を、黄金十枚で、山内一豊が買ったというのである。

そんなバカな、と思った。お隣が黄金十枚なんて持っているはずがないではないか。

だが、噂はその黄金十枚の出所まで教えてくれた。むしろ、噂の眼目はそこにあるのである。

黄金十枚は、妻女のまつ殿が出したのだそうじゃ。その妻女は、嫁に来る時に、育ててくれた伯父に、黄金十枚を持たされたのだそうである。この金は、ここぞという婿殿《むこどの》の大事の時に使え、と言われて。

まつはそれを今まで、鏡の箱の中に隠していた。そしてゆうべ、長浜へ帰った一豊が、とても買えはせぬが、しかしいい馬だったなあ、ほしいなあ、と言うのをきいて、これでお求めなされませ、と黄金十枚をさし出したというのである。

いい話である。良き嫁の見本として、教科書に載せたくなるぐらいの話である。だからこそ大いに噂になり、知らぬ者はない、というぐらいに広まっているのだ。

バカな。と吉右衛門は思った。わしらぐらいの身分の者が、そこまでいい馬を買ってどうなる、と思うのである。まつの美談に文句をつける気はないが、それが本当に夫のここぞという時だろうか。分不相応のムダ遣いをさせたというだけのことではないか。

ところがこの話は、誰もが黄金十枚にぶっとばされて、どんどん有名になっていったのである。そして、山内殿とはそれほどの方か、なんて、馬を買っただけの人間の世評をすら高めていった。その妻女は偉い、と、ほとんど時の人扱いになってしまう。

それどころか、この話はとうとう信長の耳にまで達してしまった。きいた信長はこう言った。

「東国第一の馬はるかにわが方にひきて来たりしを、空《むな》しく帰さんは口惜しき事ぞとよ。それに年頃《としごろ》山内は久しく浪人してありしと聞く。家も貧しからんに求め得たるは、信長が家の恥を雪《そそ》ぎたる上、弓矢取る身のたしなみこれに過ぎたることやある」

誰も買わなければ織田家の恥となるところを、よくぞ買った。偉いぞよ、と総大将が言ったのである。武士としてこれほど名誉なことはなかった。

おまけに、天正九年には、京の都で、信長は天皇に見せる馬揃《うまぞろ》えを行った。つまり、観兵式である。

そこで、山内猪右衛門一豊の馬は、諸大名のものよりぐんと立派で、自然にそれに乗っている一豊まで立派に見えた。信長も、おおあれが山内一豊の馬だ、見事であるぞよ、と上機《じょうき》嫌《げん》であった。

名が広まっていくのである。

これは、どうしたことだ、と隣の船戸吉右衛門持義としては、悪い夢でも見ているような気がした。

むこうは、ただ単に、とんでもない背のびをして不つりあいな馬を買ったというだけのことである。戦の武功では負けてはいない。

それなのに、なんとなくお隣のほうが時の人のようになってしまって、光っているのである。ちょっとリードされてしまった感じなのである。

そんなことがあっていいものか、と吉右衛門は思う。女房のへそくりが元で、夫が出世するなどというバカな話があるだろうか。

しかし、現実には、そんな雲行きなのだ。吉右衛門の妻のちせは、夫がよその女に子を生ませたと言ってヒステリーを起こしているだけであった。

四

信長がこの世から消えた。そして、秀吉《ひでよし》に天下取りへのチャンスがころがりこんできた。

中国地方にいた秀吉は、本能寺の変の報を受けると、すさまじい速度でとって返し、明智《あけち》光秀《みつひで》を山崎合戦で破り、なんとなく天下を手中に収めた格好になった。実際にはまだいろいろと段取りが大変なのだが、とりあえず、世に自分の存在をアピールした。

山崎合戦では、持義も、一豊も、さしたる功はあげられなかった。戦場の運、というやつのせいである。

だが、論功行賞の結果、山内一豊は三千石に加増された。船戸持義は、加増なしである。

初めて、お隣に先んじられた。

だが、持義としてはどうにも釈然とせぬ成り行きであった。

お隣が一体何をしたのだ。確かにわしも、今度の戦では大した手柄《てがら》を立てられなかったが、それは隣も同じではないか。それなのに、こっちはベースアップなしで、むこうは三千石。そんな変な話があってたまるか。

殿はこの戦に勝って天下に大きく一歩を踏み出した。それ故《ゆえ》の大盤振る舞いだろうが、それならわしにも加増があってしかるべきだ。なぜ山内一豊だけ加増されるのか。

「結局は、あの馬か」

吉右衛門はうなるようにそう言った。

「あの馬のせいで、お隣が有名人だったがために、殿のお心に触れて加増か。こっちは無名だから無視」

「つまりは、お内儀の常識外れの行動が、たまたま一度の好運をもたらしたということでござるよ」

平左衛門はそんなふうに言った。

「思わぬラッキーというやつでござるな。そのせいで、お隣は一歩先んじられた。しかし、所詮《しょせん》はあの、ただ真面目なだけの凡人でござる。この先、だんだんに殿が実力を発揮していけば、すぐに追いつき、逆転するに違いありませぬ」

そうでなければたまらんぞ、と持義は思った。女房が感心な女性だというので夫が出世するなどという話が、そうそうあってよいはずがない。うちの女房は気のきかない俗な女で、なんてことで出世のさまたげになってはたまったものではない。

いずれ、わしが実力を出していけば、お隣など問題ではないわ、と持義は考えてかろうじて自分をなぐさめた。

だが、二人の差はなかなか縮まっていかないのだった。

柴田勝家を破った賤ケ岳《しずがたけ》の戦いで、船戸持義は獅子奮迅《ししふんじん》の働きをし、大いに武功をあげた。だが山内一豊も、ひたすら真面目にかなりの武功をあげた。

その結果、持義は三千石になり、一豊は三千五百石になった。

小牧・長久手《ながくて》の戦いでは、二人ともそこそこに働き、持義五千石に、一豊七千石に。

差が縮まるどころか、順調にひらいていく。

天正十三年、秀吉がついに関白というものになった時、その祝いのように家来の禄が上げられ、このお隣同士は共に万石取りの大名になった。

ただし、持義は三河額田《ぬかた》の城主で一万石。山内一豊は近江《おうみ》長浜城主で二万石。

「お目出とうございます。とうとう殿も、城持ちの大名になられましたな」

平左衛門は平伏して、そう祝いを述べた。この関根平左衛門も、この先は船戸家の家老ということになるのだ。

「うむ」

と、持義は鈍い返事をした。嬉《うれ》しくもあり、心中腹立たしくもあったのだ。

それぞれが城を持つことになり、もう山内家とは隣同士ではなくなる。だが意識の上では、あくまでお隣であった。その隣は、こっちの倍の二万石なのである。

どう考えても、特に負けているところがあるとは思えぬ相手なのに。むしろ、冷静に見れば知恵において勝っている。もし負けているものがあるとすれば、妻だけなのに。

主人の意中を察して、平左衛門はこう言った。

「ひとのことは考えられぬように。ひとはひと、自分は自分なのです。それを言い出せば、加藤清正殿や、福島正則《まさのり》殿、石田三成殿など、あれよあれよという間に当家などより格段に出世をなされた方もあります。それらはすべて時の運によるもの。そうした人のことを考えるより、自分が万石取りの大名になったことを喜べばよいではござりませぬか」

「そうだな」

持義は、つとめて明るくそう答えた。

「それに、これで何もかも終ったわけではない。まだまだこの先、手柄によってどんどん立身していってみせるわ」

「おお、よくぞ申されました」

だが、物事はなかなか思うようにはいかないものである。

天正十八年、小田原征伐を行って、秀吉は完全に天下を統一した。そしてこの時、徳川家康を三河から、関東に移封したのである。石高は上がるが、故郷を捨てさせ、東国に閉じこめたようなものであった。

そして秀吉は同時に、山内一豊に、掛川五万石を与えたのである。持義には変化なし。

確かに小田原攻めで、持義にさしたる功はなかった。だが一豊もその点では同じである。

それなのにあっちは五万石。とうとう五倍もの差がついてしまった。

「ただ糞《くそ》真面目なだけ、ということが利点になることもあるのか」

と、持義はつぶやいてしまう。彼には、なぜ一豊がそんな大出世をしたのか、世渡り上手なだけにわかるのである。

掛川五万石とは、要するに、関東の家康に対する見張り番である。もし家康におかしな動きがあれば、率先して動きをおさえろ、という役である。

そういう役には、決して裏切る心配のない真面目男がふさわしいというわけだ。なまじキレる人物だと、どんな動きに出るかわからない。

それで、五万石。こっちはキレるから一万石。

これを運と思って受け入れるしかないのだろうか、と持義は思った。

五

慶長三年（一五九八年）、太閤秀吉が死んだ。そして、国が二分した。

天下は、徳川家康と、石田三成の、どちらが取るか、という状況になったのである。

船戸持義は徳川方につこうと考えていた。近江侍派、とも言える三成方に、なじみを感じなかったからである。同じ理由で、加藤清正や、福島正則など、豊臣の譜代大名が家康についているのだから、決して不忠と言われるようなふるまいではない。

だが、掛川の山内一豊も家康方につく様子なのは、何としたことか。本来掛川五万石は、家康への重石《おもし》の役をになっていたはずなのだ。それなのに、秀吉が死ぬとコロリと転がって家康につく。ちょっと変ではないか。

「多分、まつ殿でしょうな」

と平左衛門が言った。

「お内儀か」

「あの人が、家康はねね様の味方です、などと言ったのでございましょう。そもそもこの度の戦は、どちらにつくのが豊臣の元家臣として正しいのかが非常にわかりにくい。そういう時に、愛する妻にそう言われたら、決心が固まりますわな」

あいつは妻の力で人生を渡っておるのか、と思ってしまう。なんという、あきれ返った男であろう。だがそれなのに、すべてよいように、よいようにところがっていくのだ。

船戸持義は、ちせの顔を思い出し、何もかもアホらしくなってくるのであった。

だが、いよいよ天下分け目の大戦《おおいくさ》の日は近づいてくる。

慶長五年（一六〇〇年）七月二十五日、下野小山《しもつけおやま》で、東軍の軍議が開かれた。そこに、家康方の武将が勢揃いして、三成に対していかに対処するか、を決するのだ。まだ、情勢は多分に流動的である。元豊臣家家臣である誰かが、やはり太閤の遺児秀頼《ひでより》様に刃向かうことはできぬ、とでも言い出せば、大勢がどっとそちらへ流れて、家康の野望はそこで崩れ去るかもしれない。そういう意味で、家康にとっては自分の運命が決定してしまう会議であった。

その朝、小山城へ向かう船戸持義は、途中、山内一豊に出会った。出会えば、やあやあ、と、親しく声をかけあう昔の隣同士である。身分に多少の差がついた今も、一豊はそんなことを全く感じさせぬ腰の低さと感じのよさで接してくるのであり、少しげんなりするくらいのものであった。

「やあ、吉右衛門殿。よいところで会った」

「猪右衛門殿。どうもどうも」

一豊は、もう一人別の男とつれだっていた。

遠州浜松十二万石の城主堀尾《ほりお》吉晴《よしはる》の嫡子《ちゃくし》、堀尾忠氏《ただうじ》という若者だった。陣屋が隣なので誘いあって来たのだという。そんなわけで、大名三人が馬を並べて進む、という珍しい光景になった。

「ところで、今日の軍議はどんなふうになるでしょうかのう」

と一豊が言った。すると、若いが自分の智を誇りにしている忠氏がこう答えた。

「さて、三成をいかにすべきか、というところで、一瞬沈黙がその場を包むでしょうなあ。どの武将も、家康か三成の、どちらにつくかで頭を悩ませていますから。どう話を進めれば自分に得か、と考えてつい口ごもる」

「なるほど」

「しかし、そこで第一番に、三成討つべし、わしは家康殿にお味方する、と言った者が、天下を動かすわけですよ。みんなもつられて、わしも、わしもと軍議が決するわけですから。つまり、一番に発言した者が、一番の大手柄だということになる」

「なるほど。さすがのご意見でござる」

一豊があんまり感心するので、持義もつい自分の知恵あるところを見せたくなった。

「いや、お味方する、というだけではまだ足らぬでしょう。もしそれがしならば、我が城三河額田城は西国への通り道、それゆえにこの城を空にして、家康殿に進呈いたす。ご自由にお使い下され、と言いますなあ」

「すばらしい名案ですなあ。そんなことを言われれば家康殿としても、よくぞ申された、その功第一等なり、となりますよ」

一豊は感にたえかねるようにそう言った。

そして、軍議の場となった。

さて、諸公はいかがおぼされるか、というところに話が進み、一同、一瞬沈黙してしまう。

この年、五十六歳の船戸持義、何かを言おうにも一万石の微禄《びろく》大名では、他に先んじて発言するなど、どうにもおこがましかった。

そこへ、それがしは内府（家康）にお味方いたす、と大声で言ったのは福島正則であった。次いで、黒田長政が同様のことを言う。

まあ、そういう大物が話をリードするのだわな、と持義は思った。

ところが、その時隣の一豊が、何を思ったのか、持義の膝《ひざ》をそっとつつくのである。見ると、あれを言いなされ、とでもいう感じに目くばせをする。

持義は、いやいや、拙者などが、と目で合図した。すると山内一豊、ではよろしゅうござるか、という顔でうなずく。どうぞ、と目くばせしてしまったのは、決して船戸持義の失敗とは言えないであろう。

一豊は一歩前へ進み出て、バカのような大きな声を出して発言した。

「いや、お味方する、というだけではまだ足らぬと存ずる。それがしは、遠州掛川に城を持ちまするが、これはまさしく西国への通り道。それゆえにこの城を空にして、徳川殿に進呈いたしまする。ご存分にお使い下されまするように」

あまりにも意外な申し出に、座がどよめいた。家康はびっくりしたような顔をしてこう言う。

「自分の城をあけ渡すと申されるか」

「いかにも」

すると、東海道筋に城を持つ諸大名は、われもわれもと城あけ渡しを申し出た。一豊のひと言で、家康は百万石近い領地を手にしたのである。

船戸持義も、たった一万石の城ながらあけ渡すと申し出た。しかし持義は、あとでそんなことを申し出ても何の功にもならぬということを、痛いほどに知っていた。

くそっ。お隣は、なんという奴《やつ》だ。

6

このまま、東軍の一微禄大名として戦っても、わしには何のメリットもない、ということを持義は見抜いていた。よほど武功を立てて、一万石が一万五千石になるぐらいのところであろう。それでは、わしの人生はあまりに小さい。

そう思っているところへ、三成方から密使が来て、こちらへ寝返らぬか、と言ってきた。寝返って下されば、高禄の大名に取り立てましょうぞ、と。

やるべきだ、と持義は思った。ついに、人生最大のチャンスが来たのだ。ここが運命の別れ道。

うまくいけば大大名になれる。反対に、三成が勝てば、お隣の命運もついにつきる。

おれはやる。決心した——。

で、関ケ原の戦い。

戦闘が始まってはや半日。一進一退の激戦が続いていたが、正午前、東軍がわずかに崩れかけた。徳川が、やや劣勢である。

今だ、と船戸持義は思った。

「裏切るぞ。石田方に味方いたす」

大音声に号令を発し、持義の軍は戦場を走り抜け始めたのである。

「走れ。走れ。石田軍に加わるのだ」

それがおれの、未来への歩みぞ。

と、思ったその時、持義は予想外の光景を目にした。自分たちの数十倍の軍勢が、自分たちとは反対向きに、いっせいに走りだしたのである。

「何だ、これは」

「殿っ」

関根平左衛門が叫んだ。

「裏切りです。小早川秀秋《ひであき》が、つまり金吾《きんご》が、徳川方に寝返ったのです」

なんと。

二つの裏切り軍がすれ違っておるのか。

そして、むこうのほうが断然大軍だぞ。

わしの、わしの夢はどうなる……。

落ちのびて、命からがら土民に身をやつして九州へ逃げた船戸持義は、そこで、かつての隣人、山内猪右衛門一豊の噂《うわさ》を耳にした。

戦功によって一豊は、というより本当は小山の軍議でのあの発言によってであろうが、徳川家康から、土佐一国二十万二千六百石を与えられたという。堂々たる大大名である。

あの、まつ殿も、一国一城の主《あるじ》の奥方様か、と吉右衛門は思った。よう似合ってござるわ。

「殿、この先どういたしまする」

平左衛門がそう言った。

「殿はよせ。もう武士はやめた。要するにわしには、とことん運がなかったのだ。どこぞで百姓でもするしかないわさ」

そう言いながら吉右衛門は、ふとこう思った。

いや、わしに運がなかったのではなく、隣にあきれるほど運のいい夫婦がいて、こっちの好運を全部吸い取られてしまったのかもしれんなあ、と。

尾張はつもの

一

江戸時代、徳川将軍家の治世下で、幕府の怒りを買い、失政を咎《とが》められ、また、疑いの目を向けられ、改易《かいえき》、転封《てんぽう》、蟄居《ちっきょ》などをさせられた大名は数多くあるが、それらはほとんどが外様《とざま》大名に対する処罰であった。徳川家一門の大名、その中でも家祖《かそ》家康の子が祖となった御三家《ごさんけ》ともなれば将軍家にとって特別の存在であり、咎めを受けるなど考えられることではなかった。

ところが、御三家の、その中でも筆頭にあげられる尾張徳川家の藩主でありながら、時の将軍に蟄居の処罰を受けた人物がいる。

尾張徳川家七代藩主、徳川宗春《むねはる》がその人である。

宗春に蟄居を申しつけた将軍は、八代将軍吉宗《よしむね》。幕府の窮乏《きゅうぼう》しきった財政を享保《きょうほう》の改革で見事に再建した名将軍である。

その名将軍に真正面から楯突《たてつ》き、逆らい、ついには処罰を受けて失脚する尾張藩主宗春とは、どんな男だったのであろうか。

「とんだ権十《ごんじゅう》よ」

というのが、徳川宗春の口癖であった。人物評をする時などに、しばしばこの言葉が口をついて出るのだ。

権十、とは、尾張の言葉で、〝田舎者〟の意味である。洗練されておらず、狭く自分の周辺にしか目が向けられず、保守的であり保身的であり未来を切り拓《ひら》く意欲も能も持っておらぬ、というような人間が宗春は嫌いで、そういう人間を見るとつい、田舎者め、というののしりの言葉を吐《は》いてしまうのだ。

都会的なダンディズムを宗春は好んだ。頭の回転の速さと、洒落《しゃれ》心と、大向こううけ狙《ねら》いと、いさぎよさ。それに加えて、過去にとらわれずに斬新な改革を思いつき、実行していける大胆さ。伊達《だて》と、度胸。

そういうものを持ちあわせる人間を宗春は好み、自分もそういう人間でありたい、いや、そうである、と思っていた。

生まれつきの江戸っ子というわけではない宗春が、田舎を嫌い、都会性を理想としていたのは矛盾であるようにも思える。無理な背のびだったのでは、という皮肉のひとつも出てくるかもしれない。

しかし、それを言うならば将軍吉宗も都会人ではない。御三家のひとつ、紀伊徳川家の出で、藩主の子とはいうものの傍流《ぼうりゅう》の四男で、本来ならば将軍はもちろん、紀伊の藩主にもなれないはずの生まれであった。

それが、元禄《げんろく》十年（一六九七年）に十四歳（年齢はすべて数え年）で越前国丹生《えちぜんのくににゅう》三万石の藩主になんとか取りあげられ、大名のはしくれとなった。そして、八年後の宝永《ほうえい》二年（一七〇五年）に兄の死によって、思いがけずも紀伊藩主となってしまったのである。それから十一年あまりの紀州の殿様の時代、吉宗は財政の傾きかけた紀伊徳川家で様々の改革を行い、藩を立て直した。

その世評が、彼をもう一度、更に歴史の大舞台へと引きあげた。享保元年（一七一六年）江戸の七代将軍家継《いえつぐ》が、世継ぎのないままに没し、八代将軍の座が彼のところへころがりこんできたのである。

三万石の大名にもようやくのことでなれたような人間が、運命のいたずらと、持って生まれた能力とによって、将軍にまでなり、それだけではなく、江戸時代の数ある改革の中でもっとも成功したといわれる享保の改革をやってのけたのだ。

天才ではあるが、決して都会人ではなかった。身長百八十センチ以上もあった大男の吉宗は、質実剛健を形にしたような男で、体力を使う鷹狩《たかがり》などのスポーツは好きだが、華美なことにはまったく興味がない。着るものも質素なら食べるものも粗末、まるで面白みのない将軍で、大奥からは野暮《やぼ》将軍と陰口をたたかれていた。

それに対して、尾張の宗春である。

実は、この二人は人格的には正反対の対極にありながら、生いたちとその後の運命においては、そっくりであった。

宗春のほうが十二歳歳下で、元禄九年（一六九六年）尾張徳川家三代藩主綱誠《つななり》の七男として生まれた。七男というのは早世した子を抜いた数で、それらを数えれば二十男だったという。つまり、尾張徳川藩主の子とはいうものの、そんな末弟《ばってい》では普通なら一生部屋住みで終るところだった。

現に、三十四歳の歳まで、宗春は尾張藩の江戸屋敷に一部屋をあてがわれた部屋住みの身であった。

そこまでの間に、家督《かとく》は兄吉通《よしみち》、その子五郎太《ごろうた》、別の兄継友《つぐとも》と受け継がれている。尾張六代藩主継友といえば、紀伊の吉宗が将軍に抜擢《ばってき》された時、世間の誰からもそのライバルと目された人物である。

その兄が将軍になれず、将軍吉宗の時代になって既に十三年。徹底した倹約政治を柱とする享保の改革が着々と進められていくまさにその頃。

宗春にようやく、田舎の小藩の藩主になる話がまわってきた。陸奥国《むつのくに》梁川《やながわ》三万石の藩主になったのである。

しかし、ここから先の運命の流れは当人も驚くほどに急であった。やっと小大名になった宗春が、その任地へ赴《おもむ》く間もなく、翌享保十五年（一七三〇年）、兄継友の急死により尾張七代藩主になってしまったのである。そのまた翌年に、彼は将軍吉宗の名から一字をもらい、宗春という名になる（ここまでを語るのに、幼名や部屋住み時代の名は省略した）。

ともに、御三家の末弟で、普通ならば大名になることもかなうはずがなかった二人。それが、まず三万石の小大名になり、その後、兄の死で二つの大藩の藩主にまでなった。

まるで同じ運命なのである。

ただし、吉宗はその後、将軍にまでのぼりつめた。宗春にはそこまでの運はなかったが、それでも、御三家筆頭の尾張藩主である。家格の大きさからいっても、その時代のナンバー1とナンバー2である。

こうして、時代の中に二人は並び立った。

そして、境遇がこれほど似ているにもかかわらず、二人の性格はまるで反対のものであった。

二

十八歳で宗春は江戸に出ている。

その時藩主は四代吉通だったが、ほどなくして死去。その子五郎太がわずか三歳で五代藩主になったが、それも三ヵ月後には死ぬ。

そして、継友の時代になった。上がどんどん欠けていくから宗春の地位も少しは上がり、将軍お目見得《めみえ》になった。江戸城へも登城できる身分である。

しかし、部屋住みであることには変りはないから、自由で気楽な身分であった。

二十代の宗春は、吉原へ大いに通い、遊里《ゆうり》に遊んだ。そして、宗春はそこで、大いにモテた。部屋住みとはいえ尾張徳川家の御曹司《おんぞうし》である。その上気前がよくて、頭の回転が速く、人の気をそらさない。モテてあたり前であろう。

宗春は大いに遊んだ。しかしその遊びの中から、彼は都会性を身につけたのだ。

洗練されてなきゃ、都会の女にはモテないのである。自分を都会化することによって、都会の中で居場所を得て、そのことによりいっそう洗練されていく。

そういう意味では、宗春には本当のダンディズムはなかったのかもしれない。田舎の出身者が東京に出て、いきなり六本木で遊んで東京礼賛を言いはじめるようなケースに似ていると言えなくもない。東京のタウン情報誌に紹介されているナウい店のすべてに行ってみるのは、地方出身の東京かぶれ娘である。生粋《きっすい》の東京っ子はそんなところへは行きゃしない。

宗春は、尾張名古屋出身であったからこそ、江戸の都会性に憧《あこが》れ、それを身につけたいと思った男である。名古屋では話にならんのだ、と心の底から思ったであろう。あの田舎っぽさには耐えられん。おれは江戸に似合う人間だ、と考えた。

だから宗春を、郷里裏切り型偽装都会人、と考えてもいいかもしれない。しかし、なんであろうが、都会派である。田舎っぽさを心から嫌った。

彼が、こういう奴こそが権十よ、と思ったのは、たとえば尾張の国元の家老たちだったりした。野暮ったく、鈍重で、美的感覚を持ちあわせず、無遠慮で、口を開けば自らの保身ばかりを言う。前例のないことでござる、おつつしみ下さい、家名に傷がつきまする、なんてことしか言わず、ただ昔通りであることを守ろうとする。新しいことが好きで、改革の気概があった宗春にとっては、そういう重臣たちがゆるし難い田舎者と思えた。

どうせおれは部屋住みなんだから、尾張藩のことは知っちゃいないが、というところだったろう。とにかくおれだけでも、洗練された都会性を身につけていくまでのことだ。

宗春はそういう、保守的な人間から見れば不良として、江戸で青春を送った。

ただし、遊んでいただけではない。

将軍吉宗とはまた違う意味で、向いた角度は百八十度違ってはいたが、宗春も天才であった。

宗春は江戸で学問も大いにした。中でも、荻生徂徠《おぎゆうそらい》の蘐園学《けんえん》には深く傾倒していた。

江戸時代における思想的な巨人であり、あまりに当時の社会通念からかけ離れていたためにやがて支持者を失ってしまう徂徠の学問（彼の家塾《かじゆく》、蘐園の名から、蘐園学という）は、享保の時代には大いに隆盛を誇っていた。

話が横道にそれるようだが徂徠の思想、その中でも若き宗春が特に影響を受けたと思われる側面をまとめてみると、次のようになる。

従来の儒学、特に朱子学《しゅしがく》は、道徳を重んじ、それによって人格を高めるのが為政者《いせいしゃ》のつとめと説き、そうすれば善政が行える、としてきた。しかし徂徠はそれを疑う。為政者が聖人ならほんとうにいい政治ができるのか。

道徳なんて、どうでもいいことではないのか。為政者に必要なのは、天下を安んじる政治力ではないのか。道徳で人間をがんじがらめにするよりも、政治的に、有効な制度を定めていける能力こそ、人の上に立つ者に求められる能力だ。

むしろ、道徳なんてことは言わないほうがいいくらいだ。人間が生まれつき持っている気質というものは、画一的な道徳教育によって変えられるようなものではない。それより、個々人の気質を尊重し、個性をのばし力を発揮させたほうが社会的に有意義である。

徂徠学にはそういう、人間性解放の側面があった。その、受け取りようによっては享楽的《きょうらくてき》な側面ばかりが、当時の知識人にうけてしまったと言えるかもしれない。道徳を説かない儒学はこの国では、斬新で、画期的で、やがては誰もついてこれなくなるような思想であった。

だが、宗春がこの思想を学び、大いに共鳴していたことは、その後彼がやった政治からうかがい知ることができる。

だが、それは後日の話。

若き宗春は、徂徠の思想から、人間性解放の匂《にお》いを嗅《か》ぎとり、自らも大いに享楽的に遊んでいた。何でも、都会的に、派手に、スマートにやらなきゃダメよ、と思いながら。そうでないのは権十だよ、と。

その宗春が二十一歳の時に、将軍吉宗が出現する。世間では、宗春の兄、継友が政争に負けて、御三家の中では格下《かくした》の紀伊家に出しぬかれたのだと噂《うわさ》しているが、そんなことは宗春にとってどうでもいいことだった。兄が将軍になれなかったから吉宗を恨《うら》むということはない。ずーっと部屋住みの身だから、第三者的な客観評価ができるのだ。さて、その名君と評判の高い新将軍はどれほどの人物か、と見つめるだけである。

じっくり見つめ、その政治を知るにつれて、宗春はこう思った。

「なんという権十だ」

三

八代将軍吉宗は、もちろん、その実績において文句のつけようがない名将軍である。

チャラチャラした華美なことが大嫌いな、質実剛健、体力抜群の大男が、武士の誇りも忘れられ軟弱にゆるみきっていた幕府に乗りこんできたと思えばいい。ただし、無粋《ぶすい》ではあるが無能ではない。経済立て直しの方策も理論もきっちりと持っていた。

まず彼は、権現様《ごんげんさま》の時代に戻す、ということを宣言する。ゆるんでしまった政治体系を家康時代に戻すのだ。台頭しはじめた貨幣経済にも釘《くぎ》をさし、米経済の根本に帰れ、とするわけだ。

鷹狩《たかがり》を復活させ、武士は文武をみがけ、と言う。金計算などするな、というわけだ。

そして、徹底した倹約政策をとる。金融引き締め政治と言っていいだろう。

自分も、木綿《もめん》の衣服しか着なかった。食事は一日二回だけで、それも決して贅沢《ぜいたく》ではないものにする。そして民にも贅沢を禁止した。

税制の改革をする。それまで、収穫高に応じて徴収する年貢米を決めていた（検見法《けみ》）のを、常に一定量（定免法《じょうめん》）に変更したのだ。これは、収入の安定をはかるのに役立ったし、ほとんどの場合で増税だったにもかかわらず、収穫が多くても税は一定だというので農民のやる気をうながした。

そして、増税するだけではなく、新田の開発を盛んにやった。幕領の規模がそれまで四百万石程度だったのを、四百五十万石にまで増やしたという。

増産と倹約で、幕府経済を黒字に立て直していったのである。

その一方で吉宗は、公事方御定書《くじかたおさだめがき》などを編纂《へんさん》して法制の整備をはかった。行政と司法の改革と言っていいであろう。

そのほか、人材登用の道をつけ（無能な役人をどんどんリストラしていくことでもある）、都市問題を解決するために大岡忠相《おおおかただすけ》を抜擢して諸改革を進め、町火消や株仲間を整備した。目安箱を置いて広く意見を求めた。

どれも、その時の幕府にとっては必要な政策だったと言うべきであろう。中には、後に破綻《はたん》していく政策もあるのだが、この時吉宗が出なかったら、徳川幕府はもう少し早く崩壊していたかもしれないと思えるほどに、有力で、うまく機能した改革を、彼はとりあえずやってのけたのである。

それにしても、野暮《やぼ》な将軍ではあった。たとえば彼は学問が好きで大いに奨励《しょうれい》したのだが、その学問の中でも特に実学が好きなのである。頭の中で理屈をもてあそぶような学問ではなく、実際に何かの役に立つ学問をしろ、というわけだ。そこで、キリスト教国以外の洋書の輸入をゆるし、蘭学を導入したりした。その流れから青木昆陽《あおきこんよう》などが出てきて、さつまいもが栽培されるようになったのである。

まさに、役に立つ学問である。

だが、そういうところが、宗春の目にはとんだ田舎者に見えたのだ。

政治にしろ学問にしろ、実用のことしか考えられぬというのが、文化、というもののわからない田舎者である。こうしたほうが得だからそうして、それ以外にはビタ一文使わねえだと倹約するというのでは、無駄の効用がないではないか。

都会性とは、無駄の海の中に華やかに浮かんでいるものである。その無駄な華美の中から、文化というものは生まれるのだ。

木綿よりも、絹を着たいというのが人間の贅沢心である。その絹に、これまで見たこともないような色をつけ、華麗な柄《がら》をつけたいと望むからこそ、ファッションという文化が誕生する。寒さはしのげるんだから木綿でいい、という考え方ではファッションは存在しない。

すべてについてそうである。実用しかわからず、倹約を強《し》いて人々から生活の楽しみというものを奪い、それで財政が黒字になったところで、そこには豊かさはひとつもないのだ。すべてを権現様の昔に戻せとは、なんたる朴念仁《ぼくねんじん》の思想か。時代の進展の中で生まれてしまった都会性、というものを消し去ろうとでも言うのか。

宗春は、吉宗の政治能力を一方では大いに認めながらも、根本的なところでは批判を抱かずにはいられなかった。

紀州の権十が、江戸という都会にまるで似つかぬ、華も夢もない改革をしていることよ、としか思えなかった。

おれならば、ああはせぬ、という思いが、当然彼にはあったであろう。

三十四歳になった彼に、運命は為政者としての立場を与える。

梁川《やながわ》三万石の、藩主の地位がころがりこんできたのだ。わずか三万石とはいえ、領地持ちの殿様になるのである。これまで部屋住みの身で、自分の政治方針を試そうにもその機会がなかったが、それを試せる時が来たのだ。

宗春は、梁川藩主になってもその国へ行くことなく、尾張藩江戸屋敷にこもって一冊の書を書きあげた。自分の政治哲学と、藩主としての思想をまとめた『温知政要《おんちせいよう》』という書物である。

その思想のもとに、梁川で革命的な新政治をしてやろうと、情熱に燃えていたのだ。『温知政要』は、宗春に関する資料のほとんどが消失している中にあって、今も残っている。後に、その書を全国に刊行しようとしたことが、宗春蟄居《ちっきょ》の原因のひとつにもなっているという、いわくつきの書である。

その中には、江戸時代にこんなことを考えていた殿様がいるのかと、ただ驚くしかないような思想が展開されている。そのまま、現代に通用するほどの今日的な内容である。

たとえばその一節にいう。

「惣《そう》じて人には好き嫌ひのあるもの也《なり》。衣服食物をはじめ、物ずき夫々《それぞれ》にかはるもの也。しかるを我好むことは人にもこのませ、我きらひなる事は人にも嫌はせ候《そうろう》やうに仕《し》なすは、甚《はなはだ》狭き事にて、人の上たる者べつとしてあるまじき事也」

人にはそれぞれの好みがある。あってよい。それを為政者が強制してはならないというのだ。これを書く時、頭の片隅に吉宗があったことはまず間違いない。絹が好きだという人間に木綿を着させるのが吉宗である。

「万《よろず》の物、何によらず夫々の能あり。先《まず》材木にていはゞ、松は松の用あり、檜《ひのき》は檜の用あり、其《その》用々に随《したがひ》て用ゆれば、其重宝《ちょうほう》になる事あり」

個性というものを尊重しよう、ということだ。荻生徂徠《おぎゅうそらい》の人間性肯定《こうてい》の思想が反映されている。

「分別《ふんべつ》工夫ある人にても如何成《いかなる》善人にても、若く盛んなる時は一旦《いったんに》二旦《たん》あやまる事ある物なり。万の事を珍らしく覚え、遊覧好色《ゆうらんこうしょく》勿論《もちろん》の事にて、漢和古今同じ事也」

遊びや好色にうつつを抜かすことは自然なことだ、という。道徳を説くことを、宗春はしないのだ。そういう愚かさもひっくるめて人間を肯定し、その上で、能ある政治家が民を安んじるように政治を行っていくべきだと彼は考えるのだ。

もちろん、自分をその、能ある政治家だと信じている。おれならば、民の愚かさも認めた上で、善政をし、経済的にも成功してみせる、と思っている。

彼はその実験を、梁川三万石という小藩でやってみようとした。

ところが、運命はその実験をもっと大規模にやれと迫るのだ。『温知政要』をやっと書きあげた宗春のもとに、兄の急死によって、御三家筆頭尾張徳川家の七代藩主の地位がころがりこんできたのである。

四

享保《きょうほう》十六年（一七三一年）、宗春は藩主となって初めて名古屋に帰った。その行列を見物した名古屋人は、新しい殿様のいでたちに仰天《ぎょうてん》して思わず声をのんだ。

宗春は全身黒ずくめの衣装を着、浅黄《あさぎ》色の頭巾《ずきん》をかぶり、しかも、駕籠《かご》にも乗らず、ことさら目立つように馬にまたがっていたのである。

なんという殿様だ、とみんなが思ったであろう。いきなり、ギンギラギンのファッションで登場したのである。

宗春は、華美なことが好きであった。それが都会性であると思っている。だからまず、権《ごん》十揃《じゅうぞろ》いの国元の家老や家臣たちを圧倒しなければならないのだ。

宗春が華美を好むのは、単なる嗜好《しこう》ではなかった。それは彼の経済哲学とも結びついていたのである。

「上の華美は下の助け」

という言葉を彼は残している。江戸時代というのは、武士階級という非生産者が社会の上にいて、下から年貢を取りたてている。その上が、倹約をして、金を貯めこんでしまえば、貨幣の流れがそこで止まってしまうではないかと考えるのだ。

上が贅沢《ぜいたく》をしてこそ、金は下へまわり、経済が活性化するのだ。

要するに、吉宗の倹約政策とまっこうから対立することを宗春は言っている。倹約どころか、武士たる者大いに贅沢をしなくちゃいかん、というのだ。それでこそ金が人々のところへまわり、めぐりめぐって景気がよくなるのだ。

吉宗が金融引き締め策であるのに対して、宗春は経済活性化策である。

『温知政要』の中で、倹約について彼はこう書いている。

「省略倹約の儀《ぎ》は、家を治むるの根本なれば、もつとも相つとむべきことなり。第一、国の用脚《ようきやく》（銭）不足しては、万事さしつかゆるのみにて困窮《こんきゆう》の至極《しごく》となる。さりながら、正理《せいり》にたがひて、めつたに省略するばかりにては、慈悲のこころうすくなりて、覚えずしらずむごく不仁《ふじん》になる仕方出来《しかたしゆつたい》して、諸人はなはだ痛みくるしみ、省略かへつて無益の費《ついえ》となることあり」

ただ倹約しているだけでは、むしろ庶民の苦しみになるだけである。お金を流通させてこそ、景気というものはよくなるのだ、というこの考え方は、実は現代の資本主義経済の根本原理である。それを江戸時代という、経済の根幹に農業しかない時代に考えついたところが、宗春の天才性であり、また不幸でもあった。

とにかく宗春は、尾張名古屋で驚異の経済実験をしていく。名古屋入府から五日後には、「御祭礼を旧《もと》に復すべし」という命令を出した。享保八年以来、将軍吉宗の倹約令にあわせて祭りを質素にしていたのを、元通り派手にやれ、というわけである。

次に、武士も芝居を見物してもいい、というお触《ふ》れを出す。

更には、遊廓まで公認した。好色は自然なことなのだから、である。

あっという間に、名古屋の街には自由の気分が横溢《おういつ》した。人々が大いに遊び、武士も遊び、それによって更に人が集まり、人が集まれば商人が寄ってきて、店が立ち、市が生まれてくる。

日本中が将軍吉宗の倹約令で火の消えたように寂しくなっている中、名古屋だけは毎日がお祭りのような賑《にぎ》わいである。

手品でも見せられているような、奇跡の繁栄であった。五万人だった名古屋の人口が、宗春の治政下で七万人にふくれあがったという。

「名古屋の繁華に京（興）がさめた」

と当時の他国者が言っている。名古屋の繁栄は京都をおびやかすほどのものだ、というのだ。

そういう名古屋で、時としてひとの目を驚かせる奇抜ななりで、宗春は大いに贅沢をした。享保十八年に尾張徳川家の菩提《ぼだい》寺である建中寺《けんちゆうじ》に参詣《さんけい》した時、宗春は全身真っ赤な衣装に身を包み、緋縮緬《ひぢりめん》のくくり頭巾をかぶり、天井のない駕籠に乗って寺に入った。そして参拝をすませて出てくる時は、真っ白の着ながし姿だったという。しかも、長さ三・六メートルものキセルの先を茶坊主《ちゃぼうず》に持たせて、たばこをくゆらせながら歩いたのだ。

このおれを見よ、という気分だったに違いない。

五

しかし、宗春の政治の前に立ちはだかるものがないわけではない。むしろ、それは無数にあった。

ひとつには、当然のことながら、将軍吉宗が宗春の挑戦をこころよく思わない。御三家筆頭の尾張藩、と思えば頭ごなしに叱《しか》りつけるわけにもいかないが、こんなことをゆるしていては自分の倹約政策そのものが崩壊してしまう、と思うわけである。

享保《きょうほう》十七年、吉宗は尾張藩江戸屋敷に二人の使者を出し（参勤交代で、宗春は江戸にいた）三ヵ条にわたる詰問《きつもん》をした。要するに、なぜ倹約令を守らぬのかと、公式に叱責《しっせき》したのである。

これに対して宗春は、とりあえず表面上は自分の不行跡《ふぎょうせき》を陳謝《ちんしゃ》したあと、ここからは世間話ですが、と言ってまっこうから反論をした。

「倹約についてであるが、将軍は倹約の何たるかをまったくご存じない。倹約とは、重税をとって民を苦しめることではなく、領主が庶民の生活を考えて自制することでありましょう。ところが世の多くの大名は、倹約という口実のもと、重税を課して民を苦しめています。だが、私は増税もしておりませんし、藩札《はんさつ》の発行もしておりません。民は自由に暮らし、私も民とともに世を楽しんでおります。これが本当の倹約ということではございますまいか」

吉宗が怒りで体をぶるぶる震《ふる》わせるほどの挑戦的発言であった。

宗春としては、権十《ごんじゅう》が何を言いやがる、という気分だったのである。

ところで、宗春の経済方針がすべてうまくいっていたわけではないことは、きちんと承知しておかなければならない。

確かに一時的に名古屋は大繁栄を見せたが、それはそう長くは続かなかったのである。

後世の我々には、その理由はすぐにわかる。

農本《のうほん》主義の江戸時代に、資本主義の経済原理を持ちこんでもうまくいくはずがないのだ。

また、こう言ってもいい。産業を興《おこ》すということはしないでおいて、祭りや遊興や華美をあおるという経済活性策をとっても、それは実体のないバブル経済にすぎない。

尾張藩は次第に莫大な赤字を抱えこんでいくことになる。

民の自由を求めて、上に立つ者、つまりおれが民衆をコントロールしていけばいい、という宗春の政治哲学も、行きづまりを見せ始めていた。民衆というものは、享楽《きょうらく》を与えればどこまででも際限なく堕《お》ちていくものであり、風俗が乱れ社会が混乱していく一方なのである。

つまり、宗春の思想が好結果をもたらすには、まだ時代が未成熟だったのだ。宗春は確かにもう一人の天才だったが、早く出すぎた天才であり、時代のニーズには合っていなかった。そのことが、宗春への障害の第二である。

そして第三には、尾張藩の、どいつもこいつも権十の、重臣たちが宗春の前に立ちはだかる。

竹腰志摩守《たけこししまのかみ》という尾張徳川家の家老が、江戸城に上っては、老中の松平乗邑《まつだいらのりさと》と会談の機会を持つようになっていた。乗邑は吉宗に抜擢《ばってき》された、将軍家の知恵袋とも言うべき人物である。

もともと竹腰は、新奇なことばかりする宗春には、ついていけないと感じていた保守的な、お家大事の思想しかない人物である。

その竹腰に、ある時松平乗邑は何気なくこう言った。

「御付家老《おつけがろう》とは、藩主と、藩の存亡との、どちらを大事とお考えであろうか」

強迫である。

藩主を守ろうとして、尾張藩をつぶしてもよいのか、と言っているのだ。

「いやいや、竹腰殿が御苦労なされておるのはそれがしもよく存じておる。苦労しながらも、主の命ならば守らねばならぬところがつらいところでござろう。だが、その忠義がもしも、藩の命運をゆるがすようなことにつながるとしたら、それは忠義でござろうか」

宗春を見捨てろ、と命令しているに等しい。


「幕府としては、尾張藩のことを気にかけておる。それがしもそのためにはできる限りのお力添えをいたす覚悟でござる」


宗春を捨てれば、尾張藩の悪いようにはせぬ、という意味であった。

つまり、そういうやり方での、吉宗の反撃である。尾張藩の家来に、主君を切り捨てろと迫ったのだ。


宗春は、権十揃《ぞろ》いの重臣たちのことなど、気にかけてもいなかった。

かくして元文《げんぶん》三年（一七三八）のこと、宗春が江戸滞在中に、彼のあずかり知らぬお触れが名古屋城下に出た。藩の政治をすべて宗春以前に戻す、というのである。

クーデターであった。殿様が無視され、重臣たちが勝手に政治を行い始めたのだ。

江戸にいた宗春は、しまった、と思ったがそこにいてはどうすることもできなかった。そして、都会人であることを身上《しんじょう》としている彼は、都会人らしくさっぱりとあきらめた。

結局、権十たちにはついてこれなかったか、と思う。それが当然だろうな、という気もした。


その翌年、宗春は吉宗の使者によって、正式に蟄居《ちっきょ》の処罰を言いわたされた。

「藩主宗春、行跡常々よろしからざる故《ゆえ》をもって隠居謹慎」ということであった。

わずか八年間の、宗春の治政はこうして終りをとげた。このあと二十五年間にわたって、彼は外出もままならぬ罪人としての人生を送ることになる。

蟄居を申しつけられた時、宗春の側近の中には、「御三家《ごさんけ》の家門《かもん》に対し、かくのごとき御処置は前代未聞のこと」と激昂《げっこう》する者もいた。

それに対して宗春は、苦々しく笑ってこう洒落《しゃれ》を言った。

「尾張はつもの、だな」

終り初物、という言葉がある。時期の末になって成熟し、初物と同様に珍重される野菜や果物のことである。その言葉にかけて、おわりの国に初物が出たわけさ、と洒落ているのである。

かくして、尾張藩主徳川宗春は歴史の上から消された。尾張藩では幕府に遠慮して、宗春時代の資料をほとんどすべて処分してしまったほどの徹底ぶりであった。

ただし、名古屋の庶民たちの思い出の中には、あの極楽のように楽しかった時代をもたらした、ど派手な殿様への思い出は強く残ったのである。

その当時のことを庶民の間の記録として残した『夢の跡《あと》』という本には、宗春時代の名古屋の繁栄について、こんなふうに書かれている。

「老若、男女、貴賤《きせん》ともに、かかる面白き世に生れ逢《あ》ふ事、只《ただ》前世の利益《りやく》ならん、仏菩薩《ほとけぼさつ》の再来し給《たま》ふ世の中かと、善悪なしにありがたしありがたし」

ザ・チャンバラ

一

事の起こりは、桑真《くわま》藩十二万石の城代家老悪井《わるい》腹黒之助《はらぐろのすけ》が、領内の代官罪業重太郎《ざいごうかさねたろう》と組んで、ある計画を進めたことであった。読者にとっては思いもよらぬことであろうが、この二人はとんだ悪党だったのである。

すなわち、悪井と罪業が結託して、領内の御用商人惨州屋《ざんしゅうや》に資金を出させ、その金をもって桑真城の地下から、江戸城まで抜け道を掘り、そこを通って時の将軍を倒し、天下の転覆をはかるという大悪事が進められていたのだ。

しかし、藩内の良心派家老、実荷素直《じつにすなお》を尊敬して集まる若い藩士たちもいた。彼らは、実荷の病気をこれさいわいと藩を我がもの顔に操る悪井の所業に疑惑の念を抱き、若いおれたちの力を合わせて藩政を正さんと、山内の荒れはてた釈迦堂に密かに集結して協議を重ねていた。

これは、そんなある一日の、明け方の出来事であった。

「どう調べても、惨州屋が罪業を通じてご家老様に提供した金の使い道がわからんのだ。わからぬ以上、ご家老が悪事を働いているという証拠がない」

「いや、むしろご家老が善政をするために資金ぐりをなされているという可能性すらあるのではないだろうか」

「そうだ。そこのところは慎重に考えねばならんぞ。我々はつい、筆頭家老実荷様を尊敬するあまり、その後釜の座にやがてつこうとなされる悪井家老を不正の人と思ってしまいがちだが、考えてみれば証拠は何もないのだ」

「ただ金を集めておられるというだけで、悪人呼ばわりは間違っておるのかもしれん。現に昨日、おれは城中で悪井家老に呼び止められ、親しくお言葉をかけていただいたぞ」

「ご家老が部屋住みのお主にか」

「どんな話をした」

「ご家老の様子は」

「悪井家老は、身分の差にもかかわらず実に優しい言葉で、お主たち若者が我が藩の未来を思い、さまざま勉強をしておる様子なのは承知しておるぞ、とおっしゃられた」

「おお……」

「いい人ではないか」

「未来を担うのは若者だからのう、とおっしゃられ、みんなで何か食べろと、ほら、この金《きん》子《ず》を下された」

「立派だ！」

「近々、また勉強会をやるのか、とおおせられて、わしももう三十歳若ければ仲間に入れてもらうものを、と。そこでおれは、今夜もまた、天冥山の荒れ堂にて、仲間と大いに語らう予定ですと答えた」

「そうしたら、何とおっしゃった」

「そこでの議論が我が藩の明日の希望だと」

「わかっておられるのだ」

「おれたちのような者にまで目を配っていて下さる」

「偉いお方なのだ」

八人ばかりの若侍たちが感激のおもちでそう言った時であった。

いきなり、そんなところに人がいたとは夢にも思わぬ、堂の奥、首のとれた釈迦像のうしろから、力強い男の声がかかったのである。

「ダメだ、ダメだ。そう簡単に人を信じるバカがあるもんか」

若者たちは驚いて立ちあがり、ひとつにかたまって堂の奥のほうを見た。

「何者！」

ふらり、と釈迦像の陰から姿を現したのは、汚れきった着物に破れた袴《はかま》をつけた、無精髭の濃い中年男であった。

「ひとがいい気分で寝ているところを、マヌケな話で邪魔しやがって。おれには関係ない話ときき流そうとしたが、あんまりバカなんで黙っていられなくなった」

「わ、わたくしたちのどこがバカだとおっしゃるのです。納得のいく説明をしてもらわねば許せませんぞ」

「ケッ。どこまでお人好しなんだおめーたちは。おめーたちがここで藩政を見守ろうという勉強会をしていることは秘密なんだろう」

「その通りだ」

「その秘密を、ぺらぺらとご家老にしゃべっちまう抜け作ぶりにもあきれるが、それはまあいい。いずれにしても、今夜ここにおめーたちが集ってることは、その悪井という家老のほかには知っていねえんだな」

「そうです」

「だったらそれが何よりの証明よ。その家老がさし向けたんでなきゃ、この堂をぐるりと囲んでいる侍の一団は何なんだよ。刀の鯉口を切って今にも襲いかかろうとしている奴らが、ざっと三十人余り」

「えっ！」

「まさか」

「バカめ。自分たちの目で確かめろ」

若者たちは堂の破れ目からあわてて外の光景をのぞいてみた。ようやく夜が明けきって、朝もやの中に確かに戦闘態勢の武士団がいるのが見える。

「家老に、騙《だま》されたか」

「やっぱり悪党だったのだ」

「どうする」

「かくなる上は、斬り死にを覚悟でうって出るか」

「それしかない！」

「待てーっ、バカ野郎ども」

浪人は大声でそう言い、一歩前へ出た。肩こりをほぐすように上体をぐらりと揺さぶる。

「見ちゃいられねえなあ。ここでおめーたちが殺されるのを見物したって、おれには何の痛《つう》痒《よう》もねえんだが、ケッ、そうもいかんか。おめーたちはおとなしく堂の奥に隠れていな」

「どうなさるのですか」

「若者の勉強会てのは、つい見栄を張って言っちまった嘘だってことにするのよ。旅の素浪人が気分よく寝てるだけだったのを、起こしちまったってことになる」

そう言うと、刀を腰にさして浪人は、すたすたと扉のところへ行き、肩をぐらりと揺すった。ふと振り返って言う。

「静かにしてるんだぞ」

そして、何のためらいもなく扉を開けて縁に出た。

ザザッ、と人の動く音がする。

「これは一体どうしたことだ。この藩には、旅の浪人が荒れ堂に泊ってはならんという決まりでもあるのか」

「何奴だ」

外から、声だけがきこえる。若者たちは身を縮めてそれをきいていた。

「名のるのはそっちが先だろう。やけに物騒な格好をしやがって」

「そこにいたのはお主だけか」

「こんなところに泊りたがる人間が、そうそういてたまるか」

「怪しい奴。捕えろ！」

「やめんか」

という言葉に続いてすぐ、
スドバッ、と肉が両断される音。

「やーっ」

ガキン、シャーッ、ガギッ。

ブズドブァーッ。

キーン、ガッツ。

ドンズベリバッ。

「起き抜けの人間は機嫌が悪い。ここまでは腕を切り落とすだけにしといたが、まだやめねえとなると、死人を出すことになるぜ」

「わ、わかった。特に詮議の必要はなしと見た。者ども、引けっ」

若者たちは、現実のこととは思えぬような放心した顔で立ちつくす。ある者はガタガタと震えていた。

しばらくして、扉が左右に開かれた。

「よし。もう消えたぞ。おめーたちもさっさと自分の家に帰れ」

若者たちの代表格が、顔をひきしめて一歩前へ出た。

「ありがとうございました。わたくしは、桑真藩士加山雄三郎《かやまゆうざぶろう》と申します。あなたの名をお教え下さい」

浪人は懐手をして、その手で自分の顎をなでていた。チッ、と舌打ちして、堂の外を見る。

名もないような雑木しか茂っていない山の中であった。浪人は、ふと下を見る。

春先のこととて、あの黄色い草花が一面に咲いていた。

「おれの名は、蒲公英《たんぽぽ》三十郎だ。もうすぐ四十郎になる」

言って、もう一度上体を揺さぶった。

二

藩主の菩提寺である長面寺《ちょうめんじ》の客殿の一番奥の間に、城代家老悪井腹黒之助と、御用商人惨州屋が対面して、何やら小声で話を交していた。悪井のすぐ前には、素人目にもその出来のよさがわかる、一個の小ぶりの壺が置かれている。茶壺のように見えるが、実用に使うというよりは、姿を見て楽しむためのもののようだ。華麗な飾り紐で蓋ごと結びつけてあり、重さはそれほどでもなさそうである。

「これが、問題の壺か」

悪井は含み笑いをしてそう言った。

「苔猫《こけねこ》の壺でございます。この壺の内側には、このたびの計画の、桑真城から江戸城までの地下道の図面が刻みこんでございます。まさか壺の内側にそのような図があるとは、ふっふっふ、誰も思いますまい」

惨州屋は得意気にそう言って、ニヤリと笑った。

ふと、悪井が不思議そうに首をひねる。

「そういう図面を、壺の内側に刻んでおく、その理由はなんだったかの」

「ふっふっふ。ご家老様もお人が悪い。そこはそれ、いろいろと都合もありましょうものを。ふっふっふ」

悪井は少し考え、要領を得ないまま、ニヤリと笑ってうなずいた。

「その壺を作った職人は、気の毒なことについ先日、何者かに斬り殺されております」

「なるほど。秘密のもれるおそれはないか」

「いかにも。ただ、その職人が壺作りのために用意した下絵を、そやつの娘が持って逃げておるのでございますが」

「うむ。それはちと、具合が悪いの」

「ご心配なされますな。その娘の始末は、お代官の罪業様が必ずつけてくださるということで、既に手はうってあるとか」

「罪業にまかせてあるならば心配はないな。あ奴も悪だからのう」

「それを申されるならば、ご家老様もなかなか隅に置けぬではございませんか。殿が江戸表に参勤交代で出かけておられるその隙に、一足跳びに将軍の座を狙うとは、並の人間には思いつくこともできぬ大胆なはかりごと」

「何を言うか。そういうわしに金を出すお主こそ、とんだ悪党であろうが」

「ぎは、ぎははは」

「ぐぬ、ぬがががが」

二人がそう笑いあった時であった。

何やら騒々しい物音が、遠くから次第に近づいてくるのだ。

「くせ者！」

「出あえ、出あえ」

「乱心者の狼藉《ろうぜき》であるぞ」

そして、刀と刀の打ちあう音が騒ぎの音の中に混じっていた。

「斬れ、斬り殺せ！」

悪井と惨州屋は思わず腰を浮かせた。

「何事だ」

「まさかこんなところに賊が」

その間にも物音は大きくなり、二人が立ちあがりかけたその時。

襖《ふすま》をぶち抜いて武士が一人部屋の中にころがり込んできたのに続いて、ほかの襖がカラリと開けられた。

そこに姿を現した男を見て、二人はゲッと叫んだ。

とんでもない男が、ぬうっと部屋の中に入ってきたのである。

総髪にした髪がおどろに乱れ、片方の目は刀傷でふさがっており、しかも右手がない。左手に剣をだらりと下げ、南無阿弥陀仏の文字を柄にした白地の着物をだらしなく着流してすねがむき出しになっている。

「およよ」

とその怪人は言った。

「こんなところに、苔猫の壺があったか」

「何者だ！」

悪井はそう叫んだ。

「拙者か。拙者、姓《しえい》は左前《ひだりまえ》、名は丹前《たんぜん》」

「何用あってここへまいった」

やーっ、と背後から配下の武士が斬りかかった。怪人の左手がぶん、と剣を振りまわし、突っかかった男の首が両断されて部屋の中にころがりこんできた。

「あよよ。ほんの、遊び心よ。その、苔猫の壺を、もらいに、まいった。よよ」

「無礼者め。斬り捨てい」

「無駄な、ことよ。拙者は、よよよ、つおい」

ばん、と襖を蹴破って五、六人の武士が刀を手に現れた。

「殺せ！」

五、六人が同時に斬りかかる。

左前丹前が、剣を、ぶん、ぶん、ぶん、と振りまわした。

首が、どた、どた、ごろり。

「ひゃひゃひゃ。その壺は、拙者がもらっておく」

そう言うと丹前は、剣を持った左手の指に壺をくくった紐をひっかけ、その紐を口にくわえた。

「およよ」

「斬れ斬れ」

やーっ。

ぶん、ぶん、ぶん。

どた、どた、ごろり。

「ひゃひゃひゃひゃ」

まさしく怪人であった。苔猫の壺を口にくわえて、左前丹前は走りだし、あっという間にどこぞへ消えてしまった。

三

旅から旅へと渡り歩く芝居の一座があった。その一行二十名あまりが、旗を立てた大八車数台に荷を積んで、ぞろぞろと街道を行く。桑真城下が次の興行地であったのだ。

その行列の先頭を歩くのは、その一団からはやや浮いた印象に見える、男と女であった。

男のほうは、髪をごく短かく刈った、無精髭の中年男である。目が悪いらしく、手に杖を持って少しばかりかがむように歩いていた。ただし、旅慣れているとみえて足は早い。

女は、十六、七の可憐な娘で、粗末な旅装束ではあったが、若さでどことなく輝いていた。

「光《みつ》ちゃん。もうちょっとでご城下に入る。それまで歩けるかい」

男のほうが低いだみ声で、しかし優しくそう言った。

「大丈夫です。こうして、一座の旅に加えてもらって、一人で旅するよりどれだけ心強いかしれません。ほんとうに感謝しています」

「なあに、旅は道づれって言葉もある。縁があって女のみそらで一人旅をする光ちゃんと知りあったんだ。助けあっていっしょに行けばいいんだよ」

「はい」

と娘が答え、二人は更に歩を運ぶ。やがて山すその一本杉のところへとさしかかった。

そこで、男の足がピタリと止まった。

「どうも、面倒なことになりそうだな」

「どうしたんですか」

「うれしくねえ待ち人が、いるようだぜ。五、六、七人か……」

男は後方に向けて片手をあげ、止まれ、という合図をした。旅の一座の行進が止まる。

とその時、一本杉のむこう、山すその草むらの中から、人相のよくない無頼の徒が七人、ばらばらっと躍り出た。

「おじさん！」

「心配はいらねえよ。おれの後ろにかくれてじっとしていな。動くんじゃねえよ」

やくざ風の男たちの、頭《かしら》とおぼしき奴が一歩前へ出た。

「関係ねえ人間はひっこんでいてもらうぜ。その娘に用があるんだ」

杖をついて、腰を低くしたまま男は前へ出た。

「どういうことかはわかりませんが、何かのお間違えじゃございませんか。あっしたちは旅の一座の者でございます」

「やかましいや。黙ってその娘をわたしやがれ」

「そうはいきませんので。あっしはこの春日座の座長をしております、市川市之丞《いちのじょう》でございます。目は見えねえとはいうものの、縁あってあずかるこの子をわたすわけには、いきません」

ゲッ、と男たちは驚愕《きょうがく》の声をもらした。

「座長の市！」

「有名な、座長市か」

「そういうことで、どうかお見逃しを」

「やかましいやい。座長市だろうが構うことはねえ。ぶっ殺して娘をつかまえなきゃ、代官様に顔が立たねえぜ」

市は、お光に力強く言った。

「動くんじゃ、ねえ、よっ」

そして数歩前へ出る。男たちが刀を抜いた。

市は杖を、両手で顔の前にさし出すように持ち、腰を低く没《しず》めた。

「お前さんたちゃなにかい、あっしをお斬りなさろうというんですかい」

「知れたことよ！」

一度に、三人ばかりが斬りかかった。

市の体が、こまねずみのように躍った。杖、と見えていたものから、脇差《どす》が抜き出され、白く輝いて自在に舞った。

ドスッ、キーン、ズバッ、ドボッ。

「およしなさいよ、無駄なことは」

「死にやがれ！」

残りの男たちが、恐怖で正気を失ったように斬りかかる。

市が、舞う。

ズバッ、グボ、チャリーン、スドッ。

「ああ、やな渡世だなあ」

市の脇差が仕込み杖の中に納まった時、やくざ者たちの中に生きている者はいなかった。

「おじさん！」

「もう心配いらねえよ。さあ、こんなところは早く通りすぎちまおうぜっ」

と言ったところで、市はもう一度、ピタリと体を硬直させた。

「おじさん？」

「いけねえ。光ちゃん、もう一度さがっていな」

「どうしたの」

「さっきより、もっとすごい奴が来る。まだ敵かどうかはわからねえが」

言って、市は仕込み杖を両手に構え、街道を五、六歩前へ出た。現れる相手を、待ちうける。

風が、吹き抜け、砂ぼこりが立った。

街道に男が一人現れ、かなりの早足で、すたすたと接近してくる。

破れた三度笠をかぶり、ボロボロの縞の合羽を風になびかせる、旅の渡世人であった。

異様なのは、口に、長い楊枝をくわえていることだった。

二人の間は見る見る接近した。

「あっしを、お断りなさろうというんですかい」

声をかけられて、旅人《たびにん》はピタと足を止めた。

ピューッ、と風の音がする。

「あっしには、かかわりのねえことでござんす」

「ほう。するってえと、ただの通行人というわけで……」

「そのようです。では、ご免なすって」

「いや、ぜひとも、どこのどなたかをお教え下さいませんか。あっしは旅の一座の座長、市川市之丞って者ですが」

旅人は、落ちついた声を出した。

「上州活戸郡《かっとごおり》十六夜村《いざよいむら》の渡世人、和芥子《わがらし》紋十郎《もんじゅうろう》というケチな者でございやす。では、ご免なすって」

旅人は、去っていった。

風が、一段と激しく吹き抜けた。

四

河原の土手である。

何者かに呼び出しを受けた桑真藩士加山雄三郎は、そこへ来て、敵の罠にはまったことに気がついた。

藩の剣術指南役、唯毛強威蔵《ただもうつよいぞう》がそこに刀を抜いて待っていたのだ。唯毛が悪井家老にくみする者であることは藩内に知れ渡っていた。

「お主に恨みはないが、主命により死んでもらう」

目をギロギロとむいて、血色の悪い、幽鬼のような形相の唯毛は言った。

「城代家老のさし金か。あの家老は殿にも無断で幕府転覆をはかる大悪党なのだぞ」

「そんなことはおれにはどうでもよい。どうやらお主のチョロチョロとした動きが、ご家老の気にさわったのだろう。殺せという命令だ」

「くそっ。貴様は家老の飼い犬か」

「なまいきな口をきく前に、刀を抜け」

唯毛は片手に持った刀をだらりと下げ、ずい、と前へ出た。加山も、かくなる上は観念して刀を抜き、正眼に構える。

しかし、学問においてならば少々自信があるが、剣術は得意ではない加山であった。武士の誇りがかかっているから、逃げるわけにもいかないのだが。

基本通り、正眼に構えて相手の出かたを見る。だが、唯毛の構えは基本をまるで無視していた。刀の先をだらりと下げ、あきれるほど無造作にずいずい出てくるのだ。加山は圧倒されてずるずる下がった。

「どうした。逃げるばかりではどうにもならんぞ」

加山の両手は汗でベトベトになり、ともすれば剣をとり落としそうだった。

死ぬかもしれん、と思った。

死ぬのも不本意だが、それ以上に、自分たちが死ねば悪井家老の悪事に立ちむかう者がいなくなることのほうが無念であった。この藩を、殿の留守中に潰してしまうかもしれないのだ。

やーっ、と、決死の思いで加山は上段からうちこんだ。下からはね上げられた唯毛の剣が、易々とこちらの剣をはね返す。手に、ビン、としびれが走った。

「行くぞ」

唯毛の剣が、横薙《よこな》ぎに襲いかかる。かろうじて剣で敵の攻撃を止めたが、体勢が大きく崩れていた。

加山は、後方に倒れこみ、地面に尻をついた。そのまま、ころげまわって逃げる。

「面倒だ。冥土へ送ってやる」

無念、と加山は死を覚悟した。

その時、耳なれぬ物音がして、その音に気をとられた唯毛の剣がピタリと止まった。

雨が降り始めていた。

しとしとぴっちゃん、しとぴっちゃん。

その雨の中に、ゴトゴトと、車をころがす音が近づいてくる。

尻をつく加山と、剣を下げて立ちつくす唯毛の間を、木製の乳母車のようなものを押す侍が通りかかった。その乳母車の中には、三つぐらいになるのであろうか、幼い童《わらべ》がのせられていた。

侍は、見事な刀を腰にさしていた。無言で通りすぎるだけで、並の使い手でないことが伝わってくる。

「もし……」

と加山は声をかけた。加勢を求めるとは武士の恥、という思いよりも、ここで死んではなんにもならぬ、の思いのほうが強かったのだ。

童髪《わらわがみ》をした幼児が、どうしたものかというように声を出した。

「ちゃん！」

乳母車が止まった。侍は、地面に尻をついている加山を、冷たい表情で見た。

「お助け下さい。この藩の悪事の証拠を手に入れた私が、刺客に殺されようとしているのです」

侍は、無言で、加山を見、それから唯毛を見た。雨が侍の、黒い着物をしっとりと濡らしていく。

侍は、言った。

「我ら親子は、冥府魔道に生きる者。人の世の諸事にはかかわる余裕もない……」

「ちゃん！」

と、もう一度童は言った。だが、侍の意志を変えることはできなかった。

ゴトゴト、と、乳母車は進み、侍はその場から去っていった。

やがて、何事もなかったかのようにもと通りの情勢となる。

「邪魔が入るのかと思ったが、そうでもなかったようだな。ならば、予定通りここで死んでもらおう」

今度こそ、加山は死ぬと思った。

そこへ——、
パカッパカッパカッと馬の駆け寄る足音が。

思わずその方を見て、加山はあっと叫んだ。

白馬にまたがる黒の着流しの侍が、頭を宗十郎頭巾ですっぽりと包み、見る見るこちらへ走り寄ってくるのだ。侍の前には、角兵衛獅子の少年が馬にまたがっていた。

唯毛は、面倒とばかりに、必殺の剣を加山の頭上に振りおろしてきた。

ダーン。

銃声がして、唯毛の手から剣が落ちた。

馬が到着し、覆面の侍がすっくと降り立った。その手にはピストルが握られ、その銃口からは煙がたちのぼっている。

「あなたは？」

「私のことは、正しい者の味方をする、荒馬天狗《あらまてんぐ》と覚えておきなさい」

「荒馬天狗……」

「日本の夜明けのために、力を合わせて戦おうではないか」

そう言って、覆面の中から天狗は目だけで笑った。ピストルを懐へしまう。

その時、手を撃たれて剣をはじきとばされていた唯毛が、小刀を抜いて背後から天狗に斬りかかった。

「おじちゃん！」

少年の叫び声と、天狗が刀に手をかけ、振り向きざまに敵を斬り捨てたのが同時。

ザンバラリン。

「うぐわあっ」

刺客は、絶命した。

「稲作《いなさく》。よくおじちゃんに、危いことを教えてくれた」

「うん」

「日本の未来に、稲作は欠かせないのだよ」

そう言うと、荒馬天狗はは っしと馬にのり、パカランパカランと走り去っていった。

「助かった……」

と思わずつぶやく加山雄三郎である。

五

その加山が、いつぞやの侍になすべきことの指示を受けている。

「というわけで、その娘からこの秘密の地図をもらったわけだ。これで家老たちのやっていやがることの証拠は揃った」

三十郎はぐらぐら体をゆさぶっている。

「その地図をもとに作った、苔猫の壺はどこへ行ってしまったのでしょう」

「さあて、それが皆目わからねえ。とんでもなく妙な怪人に盗まれたって話だが、それ以来どこぞへ消えちまったというんだ。多分、どっかの変人なんだろう。だが、壺はなくてもこの地図がありゃあ十分だ。おめーはこの地図を持って江戸へ走り、殿様に事の次第を話してきかせろ」

「わかりました。して、蒲公英様はこのあとどうなさるのですか」

「おれは、こんなややこしい藩をとっとと出て、よそへ行く」

「えっ。しかしまだ、城代家老たちはのさばっておりますが」

「知ったことか。こんなバカな藩にはもういられねえぜ。それに、おれが手出しをしなくても、出たがりな奴らがいくらでもいそうだ」

「どういう意味です」

「チッ。わからねえ野郎だなあ。そこがこの藩の間抜けなところだが、どうも、ここには正義の味方が腐るほどいやがるようだ。だからおれは出ていく」

「そうですか。蒲公英様にお助けいただき、どのように感謝すべきかの言葉にも悩むほどです」

「めそめそするんじゃねえ、バカ野郎。おれは行くぜ」

肩で風を切り、三十郎は砂塵の中へ消えていった。

六

桑真城内謁見《えっけん》の大広間。

そこに、悪井腹黒之助と、罪業重太郎と、惨州屋の姿があった。三人は、大願を成就した喜びに、黄色い歯を見せてニタニタと笑っている。

「ついに完成したか」

「はい。江戸城へ通じる地下道ができあがりました。かくなる上は、軍勢をもって攻めのぼるばかり」

「やりましたでございまするな」

「どわはははは」

「ぐわはははは」

「ぬわはははは」

悪党たちは高らかに哄笑《こうしょう》した。

「して、その入口は」

「あそこの、殿の座する位置の畳の下でございます」

「そうか。まずは見てみよう」

ところがそこへ、リンと響く朗らかな声がかけられた。

「待てーい。その悪事、この私が見逃さぬ」

ゲッ、と驚いて三人が振り返れば、いつの間に入ったのか、謁見の間のはずれに上等そうな着物を着て、頭に能の小袖をかぶった侍が立っていた。

「くせ者!」

「何奴だ」

侍は、小袖をはらりと投げ捨てると、すたすたと近寄って大きな声で、節をつけるように言った。

「世にはびこる悪事を呪い、正義の道筋をつけるのがこの私の使命。もはや逃れられぬと観念しろ」

「名をなのれ」

「亀を助けた浦島太郎。竜宮城へ来てみれば、絵にも描けない美しさ」

「ぐるる。貴様が浦島太郎侍か」

「くせ者だ。出あえ出あえ」

たちまち、家老の配下の武士が百人あまり出てきて浦島太郎侍を囲んだ。

「斬り殺せ！」

浦島は、落ちつきはらって刀を抜き、歌うように言った。

「ひとーつ。ひとつでたほいのよさほいのほい。ひとり娘とやる時にゃ……」

だーっ、と何人かが斬りかかる。

チャリン、ズバッ、ドビュッ。

たちまちのうちに死体の山が築かれていく。

「ふたーつ。ふたつでたほいのよさほいのほい。ふたり娘とやるときにゃ……」

チャリーン、ズバッ、ドスッ、バサッ。

「姉のほうからせにゃならぬ」

「ご家老。あ奴のことは皆にまかせて、我ら三人は地下道から逃げましょう」

「それがよい」

「私めもお供させて下さいませ」

「こっちだ」

三人は、一段高くなった殿の座のところへ行き、大あわてでそこの畳をあげた。

そのとたん——、
もくもくと煙が噴き出し、ポッカリと開いた穴から花火が打ちあがった。

ヒューッ……ドーン。

目もくらむばかりの華麗さである。

そして、煙の中から、満足そうな笑い声がした。

「ぷはははははは、ここに至っては観念するしかあるまいのう」

何者、と目をこらしてみれば、やがて煙が晴れていき、恰幅のいい侍の姿が明らかになってくる。

牡丹と竜と御所車の柄を全身にちりばめた華麗なる着物を身にまとい、その侍は立っていた。りりしい顔のその額には、赤く三日月形の傷がある。

「お主たちの悪事は既に露見した。ここに至ってはおとなしく縄にかかるしかあるまい。それとも、背後を浦島太郎に追われ、拙者の枯葉流正眼もどきの剣にかかるを選ぶと申すか。

ぱっ」

「何者だ」

「この傷跡が目に入らぬか。これこそ、天下御免の屁理屈傷。振世良主水之介《ぶるせらもんどのすけ》の参上と知れ」

「げっ。旗本理屈男」

「理屈なき、ところに正しき理屈を通すのが拙者の道楽。この桑真藩の動静に怪しきところがあると密かに探りを入れていたところ、ついにかかった狸が三匹。ぷはははっ。浦島太郎まで出てきてはもうお主たちに勝ち目はあるまい。ぱっ」

「黙れ！」

代官罪業重太郎が、剣を抜きはなって主水之介に斬りかかった。

チャリーン、ズバッ。

「ぐわぐぬぐるう」

いきなり惨州屋は振り返って逃げだした。

「みーっつ。みにくい娘とやるときにゃ」

ズドバッ。

「ぎゃあーあ」

「バケツかぶせてせにゃならぬ」

悪井腹黒之助は決死の覚悟で主水之介に斬りかかる。

主水之介、ひらりと一回転して――、
ザン。

「どわあぐげるぎやっ、げは」

三人の悪党は死んだ。

「振世良殿！」

「うむ。浦島太郎。よい働きでござったぞ。これでこの藩ももとの平和を取り戻すことであろう。ぱっ。なぜならば、もともとこの桑真藩と申すは今を去る四十年前……」

話しだすと理屈のくどい主水之介であった。

七

国境《くにざかい》の川にかかる橋にさしかかったのは、秘密の図面を江戸表の主君に届けようと旅をする加山雄三郎であります。これを渡れば、もう隣国だと、十歩ばかり橋の上を加山が進んだその時でありました。

前方に、黒い男の姿が出現すると、氷のように冷たい声で言いはなちました。

「待たれい。加山雄三郎殿だな」

「な、何者」

「名のるのも面倒だが、名を隠すいわれもない。抽出梁之助《ひきだしりようのすけ》と申す剣に生きる浪人」

かつては目を病んでいたこともある梁之助でしたが、今は完治して、両眼に冷たい光を宿していました。

「用というもおかしな話だが、人に頼まれてお主を斬る」

「えっ」

「なぜという事情は知らぬ。ただ、めぐりあわせによりそうなったと思われよ。拙者はその場限りの殺人を生きがいとしておる」

「じょじょじょ、城代家老に頼まれたのか」

「拙者には、どうでもよいこと」

「こここ、殺されてたまるか」

「ならば、剣を抜いて闘われよ」

そう言って、抽出梁之助は刀を抜きはなちました。

ところがそこへ、

「その勝負、私が引きうけよう」

加山雄三郎の背後からその声がかかり、黒の着流しのすらりとした侍が姿を現した。

「名のるいわれはないが、起抜狂四郎《おきぬけきようしろう》、とでも覚えておいていただこうか」

異人の血をひいているのではないかと思えるほどに、青白い顔を狂四郎はしていた。

「起抜殿か。貴公に会うのは確かこれが二度目であったな」

粱之助は、声の調子を変えずに静かにそう言います。

「いつも、つまらぬなりゆきで剣を交えることになる。業、であろうか」

言っておいて、すらりと、刀を抜きはなったことであった。

「面白いことになった。拙者としては、誰が相手でも同じこと。貴公から斬るか」

粱之助は音もなく正眼に構えます。

「加山殿。お主はここを去り、旅を続けられよ」

それが、狂四郎の一声で、あった。

「起抜殿」

「それが、主持ちの侍の務めであろう」

ならば、と加山雄三郎は、抽出の脇をすり抜けて橋を先へと進む。

そこへ、目もくらむばかりの稲妻。そして、雷鳴。

その雷鳴の下、橋の上に対峙する二人の侍が、間あいをとって剣を構えあう。

「確か、面妖な邪剣を使われたな」

梁之助は油断なく構えて穏やかにそう言います。

「それは、お互い様と言うべきであろう」

狂四郎のほほに、微かな血の気が、浮かびあがったことであった。

梁之助とても、この相手が並の使い手でないことは承知しています。剣がゆっくりと動き、いつしかあの「なけなしの構え」をとって微動だにいたしません。

これに対して起抜狂四郎は——。

正眼に構えた剣の先が、やがてゆっくりと、∞の形に回りはじめた。

起抜狂四郎の「無限殺法」——。

まだ、狂四郎が無限印を描き終るまで踏みこたえた者は、なかった。

運命に操られるように、二人は橋の上に立って死闘を演じるのです。

一方、難を逃れた加山雄三郎は、ひたすらに江戸へ江戸へと歩を進めるのであった。

そのことが、この大事件を平和に解決する道だからである。

歩きながら、加山は考えていた。

それにしても……。

今の二人も含めて、この世に剣の達人のなんと多いことであろうか。信じられぬほど強い人たちばかりではないか。こんなに剣豪がうようよいるのか。

それとも、たまたま何人もがひとつところに集ってしまった珍しい事態なのだろうか。

それは、考えても答の出ぬ問いであった。

さて、橋の上。

雷鳴のとどろくその下で、梁之助と狂四郎は、ただ静かに対峙して相手の隙をうかがっております。

どちらが勝つかは、神さえも、知らぬことであった。

雷鳴——。

あとがき

十年以上かけてやっと十編たまった私の短編時代小説を、一冊にまとめてみた。既に私の他の短編集に収録されているものもあるが、半分の五編は、アンソロジーへの収録は別として、今回初めて本にまとめられたものである。しかも、表題作「大剣豪」はこの本のために書き下ろしたもの。

これ一冊で私の短編時代小説がすべてわかる、というまとまりのいい本で、作家としてはこういう本が出ることはとても嬉しい。

収録順に、ちょっとだけ解題してみよう。

最初の三話は、パロディ色の強いユーモア・チャンバラ小説である。有名な時代小説や、懐しの時代映画のパスティーシュがちりばめてある。

「山から都へ来た将軍」から「尾張はつもの」までの六話は、私のことだからどれもいくらかはユーモアの味つけがしてあるが、まあ普通の時代小説と言っていいだろう。この六話はほぼ時代順に並んでいるが、あまり歴史の勉強にはならない。

「山から都へ来た将軍」は、木曾義仲の悲劇をテーマにしている。

そのあとの四話は、いずれも戦国時代物。この中では「天正鉄仮面」が最も伝奇ロマンの味つけであろう。

「尾張はつもの」は江戸時代中期、将軍吉宗の頃の尾張藩主徳川宗春を取りあげた、軽い人物紹介のような一編。実は私はこの宗春を題材にして、「尾張春風伝」という上下二巻の長編小説（幻冬舎刊）を書いているのだが、これはそれを書く前のウォーミングアップとしてできた作品だ。

そして最後の「ザ・チャンバラ」で、もう一度、チャンバラ・パロディ・ワールドに戻る。おなじみのチャンバラ・スターがわんさと出てくるのを、笑いながら楽しんでいただきたい。

パスティーシュを得意とする私の時代小説だから、この雰囲気はほかの小説で読んだことがある、とか、この場面はあの映画のまんまじゃないか、というところがよくある。それを、パクリだ、と言ってはいけない。それは先行作品への大いなる敬意をこめた、本歌取りなのである。そう思って、ニヤニヤしながら読んでもらえれば、それにまさる喜びはない。

二〇〇〇年四月

清水義範

解説

香山二三郎

今、時代劇が危ない。

なんて、いきなりいわれても、何のことかわからない人も多いと思うので、試しに本稿を書いている今、西暦二〇〇〇年四月第三週のTV番組表をチェックしてみよう。

番組改編期に当たるこの時期、ドラマの顔ぶれも一新するが、夜のゴールデンタイムを含む一八時から二三時までにNHK、民放各局に時代劇が何本あるか数えてみると、わずか五本。バラエティ仕立ての「コメディー　お江戸でござる」（NHK）は勘定に入れないとすると、実質四本になる。そのうち半分はNHKもので、ご存じ日曜大河ドラマ「葵　徳川三代」と宮尾登美子の小説のドラマ化「一絃の琴」。何だか新味に乏しい組み合わせだが、残る二本も「水戸黄門」（TBS）に「暴れん坊将軍」（テレビ朝日）ということで、要するに定番中の定番しかないのだ。それが何を意味するかというと、今のTV時代劇にはオールドファン向けの守旧的な作品しか残っていない。別に今に始まった話ではないが、チャンバラ系ヒーロー時代劇に捕物帳、股旅ものに忍者もの、さらにはスタイリッシュな前衛活劇から人形劇（「新八犬伝」だ！）まで多彩な逸品が揃っていた一九六〇～七〇年代と比べれば、これはもう先細り現象以外の何ものでもないだろう。

現代の若者には時代劇なんか受けないと思ったら大間違い。大島渚監督の異色の新撰組映画「御法度」から、小山ゆう「あずみ」（小学館）、和月伸宏「るろうに剣心」（集英社）、井上雄彦「バガボンド」（講談社）等に至るまで、映像やマンガでは時代劇がまだまだ若い層の支持を得ているし、現代のＴＶ演出術をもってすれば、かつての「木枯し紋次郎」や「必殺」シリーズに優るとも劣らぬ傑作を送り出すことだって決して不可能じゃない。

いっぽうの活字系はというと、新旧、老若男女を問わず、様々なスタイルに挑んだ作品が生まれつつある。しかし、ＴＶに比べれば時代小説の未来はよほど明るい、と思ったらこれまた間違いで、全体的には売れ行きは伸び悩み、一〇年続いた新人賞も打ち切りになるなど、決してうかうかしていられない情況だ。

してみると、映像系も活字系も現状を打破してくれる作品の登場が待たれることに何ら変わりはないみたい。ふたつの系にまたがって古きよき時代劇のエッセンスを満載するとともに新世紀の時代劇の可能性も模索した本書は、その点今後の時代劇シーンの鍵を握る傑作集といっていいのではないだろうか。

清水義範の時代ものといえば、まず思い浮かぶのが代表作のひとつともいうべき『金鯱の夢』（集英社文庫）だろう。これは豊臣秀吉の嫡男・秀正が天下を平定して名古屋に幕府を開く、つまり江戸・徳川幕府ならぬ名古屋・豊臣幕府の世を背景に描いたパラレルワールド歴史劇だった。忠臣蔵はもちろん江戸時代の数々の出来事を模写したパスティーシュでもあり、語りはもちろん標準語の名古屋弁。その強烈さゆえ、著者の時代ものというと、ついその手のSF、パスティーシュ系が思い浮かんでくるのは致し方あるまい。

しかし、一見浅薄なようにみえてその実奥深いのが清水義範の小説世界。

本書に収められた一〇篇も単純なパスティーシュ集ではなく、その内容は三種類に大別される。まずはお馴染みパロディ主調の剣戟活劇。続いてシリアス主調だが、この著者ならではのユーモアやペーソスに溢れた歴史小説。そしてさらに、そこから派生した出身地の尾張・名古屋もの——とりわけ一六世紀後半の安土・桃山時代から江戸時代にかけての出来事を清水タッチでとらえた歴史小説。著者あとがきと一部重複するが、ここでは収録作を配列順にではなく、その三つの作品群に分類してみていくことにしたい。

まず第一群に属するのは冒頭の「大剣豪」を始め、「笠地蔵峠」「大江戸花見侍」「ザ・チャンバラ」の四篇。「大剣豪」は小田原の外れで雲助に襲われた男女をひとりの素浪人が救う場面から始まる。ではその男が表題の〝大剣豪〟かと思うと、次の章では彼より腕のたつ中年の武士が登場……と、奥深い剣豪世界のありようが浮き彫りにされていくのである。巨漢で無精髭の素浪人は黒澤明監督の映画「用心棒」シリーズでお馴染みの三船敏郎を髣髴させるが、次に出てくるのは「七人の侍」でひと仕事終えたという志村喬似の侍。真面目な娯楽時代劇かと思ったらしっかりパロディもやっている、何とも惚けた一篇だ。

パロディ演出は続く「笠地蔵峠」で全開となる。時代小説好きなら頭の一文からおわかりのように、これ、中里介山の大作『大菩薩峠』(ちくま文庫/富士見時代小説文庫)のもじり。主人公は机龍之介ならぬ抽出梁之助で、その抽出が笠地蔵峠で子連れの老人を斬殺する有名な出だしから中里独特のですます体で描かれていく。が、問題はそのスピードだ。原作の数百倍速で飛ばす、飛ばす。しかもその行き着いた先には、思いも寄らない対決劇が待っているという時代劇ファンには様々な意味でたまらない快作に仕上がっている。

この二篇以上に必笑請け合いなのが、次の「大江戸花見侍」である。宗十郎頭巾をかぶった悪人たちの密議という娯楽時代劇お馴染みのシチュエーションから幕を開ける本篇には、文字通り時代劇スターが勢揃い。誰が誰のパロディなのかは読んでのお楽しみとして、特に注目が御神楽采女の台詞回しだ。「妙な抑揚をつけて息つぎをせずに語る癖がある」この男、台詞の前後に必ず「ぷはっ」とか「ぱっ」とか、「ぱふふふふふ」などというオノマトペ(擬音)が入るのだが、市川右太衛門作品をご存じの人なら大ウケすること間違いなし。擬音といえば、チャンバラ時の斬音からBGMから、随所に時代劇映画に欠かせぬ音が響き渡り、これぞまさしく時代劇ワンダーランドといえよう。

最後の「ザ・チャンバラ」は黒澤明の映画「椿三十郎」のパロディから始まり、「大江戸花見侍」と同様、時代劇ヒーロー――とりわけ剣豪ヒーローが次々と登場する。ただ「大江戸花見侍」が東映時代劇ワンダーランドだったのに比べ、こちらは映画からTVから小説から、ヒーロー総出演といった塩梅。ヒーロー像が若くなったぶん、演出も生々しく華やかで、オノマトペもより派手になっている。起抜狂四郎が刀を∞の形に回し始めるとともに、物語も無限大の闇に溶け込んでいく。まさにエンディングに相応しい一篇というべきか。

さて頭の三篇で本書をパロディ時代劇集と思い込んだ人が戸惑うかもしれないのが第二群の歴史小説だ。「山から都へ来た将軍」は時代を平安末期まで遡った木曾義仲の伝記小説で、著者が描く義仲は通説の悪役像とはちょいと異なり、豪放磊落、天衣無縫の快男児に仕立てられている。義仲が政治に利用され破滅していく悲劇が軽妙に描かれていくが、軽妙かつハードボイルドであるがゆえに痛切な余韻を残す。清水タッチ独自の歴史ものだ。

「三劫無勝負」は碁の名人位として知られる本因坊の祖・算砂の視点から描かれる織田信長の思い出話だが、全篇シリアスかつハードボイルドな一人称語りで貫かれており、これだけ別に読まされたら、清水小説であることはわからないかも。碁を通して描かれる信長像はすこぶる興味深いが、意外な視点から信長像を浮き彫りにしてみせた点、木曾義仲像を別角度からとらえた「山から都へ来た将軍」と相通ずるモチーフがうかがえよう。

「天正鉄仮面」も同じくシリアスな歴史ものだが、こちらは伝奇ミステリー仕立てだ。主人公は石川五右衛門で、神出鬼没の大盗賊ながら反骨精神をそなえていた彼は時の最高権力者・豊臣秀吉の急所をつかむため秘密の囚人がつながれているという大坂城内の牢に潜入を図る。オーソドックスな冒険活劇調で展開していくお話はスリリングのひと言。意外性充分のラストといい、「三劫無勝負」とは違う意味で本書の中では異色作のひとつといえよう。

続いて第三群の尾張・名古屋もの。

こちらもジャンル的には歴史小説になるのだが、タッチが第二群とはいささか異なる。「どえりゃあ婿さ」は全篇名古屋弁で、豊臣秀吉に嫁いだねねの父親とその親友とのやり取りを通して、どえりゃあ婿の軌跡がとらえられる。とんとん拍子で出世した婿のおかげでねね親父もリッチになるが、婿を見る眼があった割りにはこの人、いたって呑気なのだ。婿とは対照的なその人間性のありようが尾張・名古屋弁の惚けた味わいと相まってほかほかと伝わってくる人情劇に仕上がっている。

冒頭、標準語の表記にするという断りが付いた「山内一豊の隣人」はそのぶん第二群の歴史小説タッチに近いが、ライバルの目を通して描かれる一豊の出世物語は軽妙にしてシニカルだ。主人公は代々織田家の直参で武士としても一流の器量をそなえ出世欲も満々、おまけに妻も美人ときているが、容貌は落ちるが「とてもよくできた女性」を妻に持つ一豊にやがて後れを取るようになる。現代の企業小説とも相通ずる教訓に満ちた一篇といえる。

「尾張はつもの」は後に長篇『尾張春風伝』（幻冬舎）でも描かれる江戸中期の尾張藩主・徳川宗春の伝記小説。彼は質実剛健で凄腕の政治家だった八代将軍徳川吉宗とは対照的にダンディな伊達男だった。加えて先見性にも優れていたが、反骨的なキャラクターであるがゆえに脱落することになる。といっても、他の収録作でも著名人のそうした知られざる顔を好んで描き出している著者である。宗春のことも、だからこそ気に入っているに違いない。

さて本書の面白さは以上一〇篇ひとつひとつに凝らされた多彩な趣向に因るわけだが、もうひとつ、全篇読み終えた後、その全体像を振り返って改めて感心させられるのが上記の三つの作品群を巧みに配した構成の妙である。まずはパロディ剣戟で笑殺させた後、一転してしんみりさせた後、名古屋・尾張ものでほのぼのとさせ、締めくくりに再びチャンバラを持ってくるという、それ自体、時代劇的な構成で楽しませる作り。

著者が短篇の名人であると同時に短篇集の名人でもある所以だ。

読者諸氏には、本書で料理された時代劇、時代小説の名作もあわせてお楽しみいただき、次代の時代劇シーンを担うファンになっていただきたいところだが、本書で初めて清水小説に触れた人は、その第一歩として、まずは『金鯱の夢』か『尾張春風伝』に進め！

【初出一覧】　文庫書き下ろし
「大剣豪」「週刊新潮」一九九三年一一月二五日号→『時代小説最前線II』（新潮社）
「笠地蔵峠」「小説現代」一九八八年七月号→『永遠のジャック＆ベティ』（講談社文庫）
「大江戸花見侍」「オール讀物」一九九五年七月号→『バールのようなもの』（文春文庫）
「山から都に来た将軍」「小説現代」一九九〇年一月号→『ビビンパ』（講談社文庫）
「三劫無勝負」「歴史ピープル」一九九四年九月号→『新・異色時代短篇傑作大全』（講談社）
「天正鉄仮面」「小説現代」一九九二年九月号→『私は作中の人物である』（講談社文庫）
「どえりゃあ婿さ」「小説新潮」一九九二年三月号→『陽のあたらない坂道』（新潮文庫）
「山内一豊の隣人」「小説歴史街道」一九九五年二月号
「尾張はつもの」「小説新潮」一九九五年二月号
「ザ・チャンバラ」

本書は文庫書き下ろし作品、単行本、文庫未収録作品、文庫収録作品を新たに編集したものです。

JASRAC出0005001―001

大剣豪《だいけんごう》

清水義範《しみずよしのり》

2000年 5 月 15日第 1 刷発行

発行者——野間佐和子

発行所——株式会社 講談社

東京都文京区音羽2-12-21 〒112-8001

電話 出版部 (03) 5395-3510

販売部 (03) 5395-3626

製作部 (03) 5395-3615

Printed in Japan

落丁本・乱丁本は小社書籍製作部あてにお送りください。送料は小社負担にてお取替えします。なお、この本の内容についてのお問い合わせは文庫出版部あてにお願いいたします。 (庫)

ISBN4-06-264857-1

講談社文庫

定価はカバーに
表示してあります

デザイン—菊地信義

製版——凸版印刷株式会社

印刷——豊国印刷株式会社

製本——株式会社大進堂

講談社文庫刊行の辞

二十一世紀の到来を目睫に望みながら、われわれはいま、人類史上かつて例を見ない巨大な転換期をむかえようとしている。

世界も、日本も、激動の予兆に対する期待とおののきを内に蔵して、未知の時代に歩み入ろうとしている。このときにあたり、創業の人野間清治の「ナショナル・エデュケイター」への志を現代に甦らせようと意図して、われわれはここに古今の文芸作品はいうまでもなく、ひろく人文・社会・自然の諸科学から東西の名著を網羅する、新しい綜合文庫の発刊を決意した。

激動の転換期はまた断絶の時代である。われわれは戦後二十五年間の出版文化のありかたへの深い反省をこめて、この断絶の時代にあえて人間的な持続を求めようとする。いたずらに浮薄な商業主義のあだ花を追い求めることなく、長期にわたって良書に生命をあたえようとつとめるところにしか、今後の出版文化の真の繁栄はあり得ないと信じるからである。

同時にわれわれはこの綜合文庫の刊行を通じて、人文・社会・自然の諸科学が、結局人間の学にほかならないことを立証しようと願っている。かつて知識とは、「汝自身を知る」ことにつきていた。現代社会の瑣末な情報の氾濫のなかから、力強い知識の源泉を掘り起し、技術文明のただなかに、生きた人間の姿を復活させること。それこそわれわれの切なる希求である。

われわれは権威に盲従せず、俗流に媚びることなく、渾然一体となって日本の「草の根」をかたちづくる若く新しい世代の人々に、心をこめてこの新しい綜合文庫をおくり届けたい。それは知識の泉であるとともに感受性のふるさとであり、もっとも有機的に組織され、社会に開かれた万人のための大学をめざしている。大方の支援と協力を衷心より切望してやまない。

一九七一年七月

野間省一